秋の牢獄

恒川光太郎

角川ホラー文庫
16461

目次

秋の牢獄

1

これは十一月七日の水曜日の物語だ。

アスファルトや草木がさらさらと濡《ぬ》れていくひんやりとした音で、私は目を覚ました。

雨だ。どこかから朝の冷気が忍び込んでいる。

暖かい布団の中で外の雨音を聴くのは、至福の心地だった。

さて、起きて学校に行かなくてはならない。

私は東京の四年制大学の二年生だった。

玄関をでると雨は上がっていて、濡れたアスファルトの路面に十一月の朝の光が反射していた。見上げる空は秋の高さだ。

午前中の講義を受けたあと、親友の由利江《ゆりえ》と学生食堂で昼食を食べた。昼はいつも由利江と待ち合わせて一緒にとっている。

由利江は、カレーを食べながら、日曜日に家族で海釣りに行った話をした。堤防であいなめを四匹釣ったそうだ。

二時にはアパートに戻った。図書館で借りてきた雑誌を読んだ後、炬燵《こたつ》でテレビを見ていたら、急に薄ら寒くなった。

時折、私は背筋から首筋のあたりがすっと冷えるのだ。これは気温とはあまり関係がない。

薄ら寒さと呼んでいるが、ただ寒いのとは違う。たとえていうなら胴回りの一メートルほどもある巨大な蛇が、私の背後を音もなくすうっと通り過ぎていくような感覚だ。自分以外誰もいない部屋が、奇妙なぐらいの静けさに包まれている。部屋に大蛇がいる。

カーテンの隙間から微《かす》かな西日がさしこんでいた。

私は引き出しからマルボロの箱と灰皿をとりだした。普段外で吸うことがないので、由利江も私が煙草を吸うことを知らないと思う。

ミニコンポにCDをセットして音楽をかけると、たて続けに二本吸った。

薄ら寒さが去っていく。

音楽と煙草が効くのだ。

千葉の高校を出た後、東京で一人暮らしをはじめて二年近くなる。最初の年こそ、音楽サークルに属していたが、すぐに嫌気がさしてやめてしまった。それ以降、私は基本的に一人だった。

冷蔵庫の中身を確認した。よし、今日は買い物しないで大丈夫、あるものでいける。米を炊き、豚肉とキャベツを醬油《しょうゆ》で炒《いた》めた。

食事が終わると風呂《ふろ》に入り、眠りにおちた。


十一月七日の水曜日はそのようにして終わりを告げた。


翌日、社会心理学の講義を受けに講堂に入った。だが、やってきたのは見知らぬ老年の教授で、経済学の講義がはじまった。教授は一向に間違いに気がつく様子もなく、周囲に座っているあまり見覚えのない生徒たちも、何も言わずにノートをとっていた。

私は胸のうちで舌打ちして、ぼんやりと経済学の授業を聞いた。


学食のテーブルで、由利江が日曜日に釣りに行った話をはじめた。話を四分の一ほど聞いたところで、私は口を挟んだ。

「ちょっと、それ、もう聞いた」

由利江の話は、内容も話し振りも、昨日と全く同じだった。

由利江は怪訝《けげん》そうに首を突き出した。

「ええ？　いつ」

「昨日」

「あれ、昨日、私たち会ってないじゃん」

「会ったよ、ここで」私は由利江のカレーを見ながら笑った。

「あんた、昨日の水曜もカレー食べながら同じ話をしたよ」

「昨日は、火曜日でしょ」

「違うって。昨日は、水曜日だって。今日は木曜でしょ？」

「今日が水曜日だよ」

携帯電話で日付を確認すると、由利江の言う通り十一月七日の水曜日だった。もちろんそんなはずはないのだ。今日は変だ。私以外の何かが間違っている。

「何を勘違いしているんだか」由利江が勝ち誇ったように笑った。

「水曜日は昨日だって」

私は引き下がらなかった。

私と由利江はしばらく議論した。私は、確かに昨日が水曜日だったことを主張しながら、考えてみれば朝から妙な既視感がずっとあったことや、授業を間違えたことなどを話した。

私たちは最終的に、私が同じ水曜日を二回繰り返しているのだという結論にたどり着いた。由利江はため息をついた。

「つまり、一日だけタイムスリップした、と。そういうことになるのかな」

私は、うーんと首をひねった。確かにそういうことになる。

「すごいじゃん。本当だったらテレビに出られるよ。十一月七日の水曜日を繰り返した女って。じゃあ、今日の午後から何が起こるか全部わかるの？」

全部はわからない、と答えた。そもそも昨日は、同じ一日をもう一度繰り返すことになるとは露知らず、ぼんやりと過ごしたのだ。テレビのニュースすら見ていなかった。全部わかるどころか、ほとんど何もわからなかった。一生に一度あるかないかの体験なのにもったいないことをしてしまった。

由利江は好奇心と哀れみの入り混じった複雑な顔で私を見た。

「あーでも、なんかそういう映画観たことあるわあ」

由利江とは駅前のドーナツ屋でしばらく話した後に別れた。


その夜は外食にした。近所の回転寿司《ずし》屋で八皿食べて勘定にした。普段は一人で回転寿司に入ったりしない。私には贅沢《ぜいたく》すぎたからだ。だが今日は、なんとなく小さな奇跡を祝いたくなったのだ。

皿を積み上げながら、我が身に起こった不思議について考えた。この先のことがあれこれわかるならともかく、自分がタイムスリップして戻ったのは一日だけ、その一日ももう終わりかけている。そう思うと少し切なくなった。

翌日になり、雨の音で目を覚ました。ベッドから身を起こすと最初に携帯電話で日付を確かめた。

十一月七日の水曜日だった。

また戻ったのだ。

どうせ戻るのなら、昨日の夜の回転寿司屋で、もっと高い皿を沢山食べればよかった。

私はとりあえず学校に足を向けた。

講義を受ける気はしなかった。生協で本を買って、ベンチで読んで暇をつぶした。

由利江は昨日話したことを全て忘れていた。カレーを前に釣りの話をはじめる彼女に、私は時間反復現象について最初から話さなくてはならなかった。表情には出さなかったが、それは内心うんざりさせられることだった。彼女は一日前と同じ反応をした。

「すごいじゃん、本当だったらテレビに出られるよ。ねえじゃあ、今日の午後から何が起こるかわかるの」

ここにいる由利江は、昨日の由利江と同じ存在なのか、それとも違うのか。私は呆《あき》れたように由利江の顔を眺めた。

「ところでさあ」由利江が言う。「藍《あい》は何かしなくていいの？」

「何かって何を？」

「わかんないけどさあ、あるじゃん、ほら、一日戻ったことの動機とか目的っていうの？　あーなんかそういう映画観たことあるけど、過去に戻って誰かの命を救うとか」

私は首を横に振った。

動機とか目的。

自分の意志で繰り返しているわけではないのだから、そんなものがあるわけがない。

昨日の夜は、寿司屋から帰った後にニュースをじっくり見ていたので、今日一日にどんな事件が起こるか知っていたが、未来を知る私が朝から根回しすれば回避できるような殺人事件や交通事故はなかった。あったところで、面識すらない人間に電話で忠告するために、この繰り返しが起こっているとも思えなかった。

おそらく……何かの事故で、私は目的もなく、ただこの秋の一日を繰り返しているのだ。

夕食はピザにした。アパートにMサイズのピザを配達してもらい、一人で全てたいらげた。冷蔵庫を開けば一度使いきったはずの豚肉とキャベツが入っており、不気味なことこの上なかった。

よく考えれば、何一つ定かではない。食べたのか、食べた記憶を持っているだけなのか。

現物がここにある以上は、客観的には食べた記憶を持っているだけなのだろう。

私はコーヒーを淹《い》れながらぼんやりと思った。

さて、明日も水曜日のままだったらどうしよう。

胸の内で、誰かに問いかけてみる。

私、何かした？　これは何か、罰とか呪いとかそういうものなの？　それとも、知らないうちに私は頭がどうかしてしまったのかな？

答えるものはいなかった。強い風が吹き、庭木が揺れた。部屋の蛍光灯が点滅する。どこか遠くで犬が咆《ほ》える。

薄ら寒さが訪れる。

今日は部屋で寝ないで、他の場所にいたらどうだろうか、と、煙を吐きながら考えた。環境を変えれば水曜日を繰り返さないで済むかもしれない。そうだ。由利江のマンションに行こう。

由利江のマンションに泊まりに行ったことは過去に何度かあった。オートロックのついた小奇麗なマンションで、学生の一人住まいとしては上等な部類に入る部屋だった。

私はさっそく由利江に電話をかけた。

受話器の向こう側の由利江の声は、昼間よりもいくぶん余所余所《よそよそ》しかった。私は水曜日の繰り返しのことを考えて部屋に一人でいたら、空恐ろしくなってきたので泊まらせてほしい、と頼んだ。

由利江は、えへへ、と笑った。今、彼氏が来ているのよ、ごめんね。

私はなるべく動揺を隠して、そうなんだ、こっちこそいきなりごめんね、じゃあまた明日、と電話を切った。

私はこの瞬間まで由利江に恋人がいることを知らなかった。日曜日に家族で釣りに行った話などを聞きながら、漠然と恋人はいないのであろうと思っていた。彼女とは一年生のときに同じクラスになって以来の付き合いだから、そろそろ二年近くなる。それなのに、なんとなくこの種の話題を敬遠していた。

由利江は彼氏がいたのに、今まで私にはそういう話をいっさいしなかったわけだ。

由利江が話したがらないことに首を突っ込みたいわけではないけれど、友達なのに、ちょっと水臭いのではないか？

あるいは、由利江にとって私は友達なんかじゃないのかもしれない……。だが、それならそれでもいい。私だって本当は由利江のことなど友達だとは思っていないのだ。ただ寂しいから一緒にいるだけ……利用しているだけだ。考えてみたら、水曜日の繰り返しだって彼女が本当に信じているかは怪しい。逆の立場なら私は信じていない。今頃は恋人と二人で私を笑いものにしているのかもしれない……。

そんなくだらないことを惨めな気持ちで、執拗《しつよう》にぐるぐると考えた。

夜の九時を少しまわってから、着替えて外に出かけた。部屋にじっとしていると気が滅《め》入《い》った。

由利江に断られた以上、特に行き場所もなく、ビデオでも借りて部屋で観ることにした。街灯が照らす夜の道をぶらぶらと歩きながらふと思った。

このままずっと外にいたらどうなるのだろう。もしかすると目を覚まして行動しているものには十一月七日の繰り返しは起こらないのかもしれない。試してみよう。

今日は寝ないで外にいよう。

夜気に湿った公園のベンチに腰掛けて煙草を吸っていると、ふいに全身が熱を帯びた。私は人気のない暗い公園を見回した。足の指の先や、膝小僧《ひざこぞう》が急に温かくなった。どうしてだろう。目に見えない温《ぬく》もりの薄い膜が私を包んでいた。それは微《かす》かではあったが、柔らかな毛布の肌触りだった。

一度意識すると、目に見えない毛布の感触は途端に強くなっていった。ああ、これは夢なんだ、と私は思った。意識の半分は自分が公園にいると伝えるが、意識のもう半分は自分が布団の中にいることを告げている。

境界線上の危ない綱渡りは長くは続かない。

足元の大地は瞬時に闇の沼と化し、私は温もりの側へ溶けるように沈んだ。

私は毛布を撥《は》ね飛ばして半身を起こした。

朝の自分の部屋。雨の音が聴こえていた。

たった今さっき、公園のベンチで煙草を吸っていたことを思い出したが、現実感はなかった。

衣服を確認すると灰色のスウェットパンツにTシャツを着ていた。私の部屋着だ。化粧も落ちている。

しばらくは呆然《ぼうぜん》として何も考えられなかった。

見なくても予想はついていたが、携帯電話で日付を確認した。

十一月七日水曜日、六時二十三分。


十一月七日の水曜日は続いた。

最初のうちは、自分が今何回目の繰り返しをしているのかを数えていたが、すぐに曖昧《あいまい》になってしまった。なにしろ自分の記憶以外は全て朝の状態に戻るのだ。いかなる記録も残せなかったから、自分の記憶を疑えばそれで終わりだ。七回目の十一月七日なのか、それとも八回目の十一月七日なのか、確認することはできない。

不思議なもので、何度も同じ一日を繰り返していると、はるか昔から世界はこうだったような気すらしてくる。十一月七日以前の歴史や、私を含めた人々の記憶は世界を騙《だま》すために巧妙に創られた偽物で、世界はそもそも十一月七日しかなかったのではないか。

私は日々、学校に行かずに街をふらふらとうろつくか、とりあえず学校に行き、授業を受けずにベンチでぼんやりするかのどちらかを選択した。

由利江と一緒にご飯を食べるのはやめた。彼女は同じことしか喋《しゃべ》らない人形だった。あらゆる人間がそうだった。私は昼食時になると、校門を出て、適当な店で食事をした。ギャンブルをしても良かったし、無茶な買い物をしてもよかった。どんなことでもお試しできた。買い物は最初のうちこそよくした。だが翌朝になって、買ったばかりのお気に入りのコートを着ようとしても、あるいはCDをかけようとしても、それらはもう手元にはないのだ。何を買ったところで、夜までしか所有できず、手に入れた次の日の朝には煙のように消失して、財布の（もしくは口座の）金に戻るのだった。

私は上映、上演されている映画や演劇をしらみつぶしに観ていくことに決めた。とはいっても、楽しみを消費しつくしてしまわぬように、三日に一度ぐらいの頻度に抑えて、気にいったものは何度も観るようにした。

ある晩、映画を観た後、自宅近くの駅前の繁華街の中にある、〈林檎《りんご》屋〉という名前のカフェバーに入った。スパークリングワインを注文し、一人で飲んだ。

十一月七日。北海道行きのフェリーで船酔いしている人でなくてよかった。二日酔いからはじまる日でなくてよかった。肉親の葬式がある日でなくてよかった。

私は幸運だ。世の中には同じ一日が繰り返され続けていることを決して知るべきではない人もいるのだろう。希望とは明日があると考えることだ。カレンダーの日付は全て十一月七日に塗り替えられた。クリスマスも、正月も、新学期も、春の芽吹きも、初夏の風ももはや来ない。

世界は確実に変質した。

これはいつ終わるのだ？

私の目からぼろぼろと涙がこぼれた。

なるべく何も考えないようにしてきたが、改めて自分のおかれている状況に思いを馳《は》せると、混乱した。

隣に見知らぬ背広の男が座り、見当違いの励ましをしてくれた。私はただ嗚咽《おえつ》した。勘定をして店を出ると、励ましてくれたサラリーマンが追いかけてきて、タクシーで家まで送ってあげると言った。

私は柔らかく断った。サラリーマンは肩を落としてあっさりと引き下がった。夜風を浴びて歩いていると、毛布の温もりに包まれ朝へと跳躍した。

2

大きな転機が訪れた。

あやふやな頭の中の計算では、二十五回か、六回目の十一月七日にあたる日だった。

私はその日、大学構内のベンチで、途中の本屋で買った文庫本を読んでいた。黄色く色付いた銀杏《いちょう》の木の下のお気に入りのベンチだった。

「隣いいですかね」

活字の世界に入り込みかけたところで、声をかけられた。

顔をあげると、青年が立っていた。頬はこけていて色が白い。革コートを羽織っている。理性的な眼差《まなざ》しをしていた。

面識のない人だった。息が苦しくなるほど緊張した。私はいつも同じベンチに座っている。隣に誰かが座るなどということはこれまでなかった。つまりこのことはある事実を意味していた。

「あ、どうぞ」

青年は私の隣に腰を下ろすと、しばらく黙っていたが、やがて口を開いた。

「何を読んでいるの？」

「ああ、これ」私は、カバー付きの本を膝の上に伏せて間抜けに答えた。「本」

「うん。まあそれは見ればわかる」青年は苦笑いをした。「どんな本？　ときいたらききすぎかな」

私は本を閉じた。

「ケン・グリムウッドの『リプレイ』」

「本当に？」

確かに私が手にしているのはケン・グリムウッドの『リプレイ』だった。人生を何度もやりなおすはめになる男の話だ。

「そのまんまだね。なるほど、研究中ってわけだ」

「あなたは……」

「ぼくは、君の仲間だよ」

青年は、伸びをした。

「飽きるよな、いいかげん。十一月七日であり続けるってのはさ」

涙を流しながらこの青年に抱きつきたい欲求を抑えた。精巧なアンドロイドたちの世界に現れた、ただ一人の人間のように見える。

「同じ人にはじめて出会えた」私は安堵《あんど》の息をついた。「いよいよ私ひとりなんだと思っていたところよ」

「気持ちはわかるよ。ぼくの名前は隆一《りゅういち》。ぼくは十一月七日をもう五十回も繰り返している。君は？」

私は目を丸くして、自分の名を名乗った。

「へえ……私なんかまだ二十五回目よ」隆一と名乗る青年の顔を見ていると、ふいに問いが溢《あふ》れ出した。

「ねえ、これはどういうことなの？　どうしてこんなことが起こっているの？　どうして私がリプレイしているってわかった？」

「リプレイヤー」隆一は言った。「ぼくはリプレイする者のことをそう呼んでいる。このあいだ〈林檎屋〉というカフェバーで酒を飲んでいたんじゃないか？　あの店にぼくもいたんだ。君はカウンターのはじっこの席で……泣きながら飲んでいた。背広の男の人が背中をさすって慰めていた。まあ少し目立っていたわけだ。翌日ぼくは同じ店に、同じ時間帯に行った。そうしたらカウンターのはじっこの席は空いていた。それで気がついた。店には昨日と今日で全く同じ客がいなければいけないはずなのだから、泣いていた女の子はリプレイヤーで、ぼくの仲間なのだと思った」

隆一は続けた。

「捜すのは困難だったから、ほとんどあきらめていたけれど、どこかで会えるかもしれないと思って、バス停や駅前なんかをそれとなく見張っていたんだ。今日駅前で君を見かけた時は嬉《うれ》しかったよ。悪いけどあとをつけた」

「見つけてくれてありがとう」私は心の底から感謝した。

隆一は仲間がいることを教えてくれた。

「今から会いに行くんだ。一緒に行こう」

隆一は歩きながら、リプレイについての彼自身の考えを話した。

「稀《まれ》に起こる自然現象だと思う」

彼はきっぱりと言った。

「なんというか、天体の運行もそうだけれど、円になって巡るっていうのは、ものの在り方の基本の一つじゃない？　川の流れだって時には渦巻く」

「ねえ、じゃあ十一月八日は来ないの？　もう来ないと思う？」

隆一は首をひねった。

「わからない。犬飼《いぬかい》さんは絶対に来るというし……まあ、ぼくも、どちらを信じるかといえば、いつかは来るとは思うけどね」

「犬飼さん？」

「これからぼくらが会うリプレイヤーさ。それはともかく、十一月七日が繰り返されるというのは、起こるべくして起こることであり、特に気にすることはないのかもしれないよ」

隆一は続けた。

「まあ、一つの考え方としてね……ビッグバンから今に至るまでの宇宙の歴史を一日にたとえたなら、人類が地球上に現れたのは、〇・〇一秒前だ。偉大なる時間が本当はどういうものでどんな流れ方をするかなんて誰も知らないんだ。時間というのは、三千万年に一度ほど、リプレイを五千回ぐらい繰り返してから先に進むものなのかもしれないだろ？白亜紀やカンブリア紀にリプレイが五千回起こった日があったとしても、地層を調べてわかることじゃないからね。時空間の足踏み状態に人類が初めて出会っただけで、時間の歴史全体としたらよくあることなのかもしれない。しばらくしたら普通に動き出すのかもしれない」

「楽観的ね！」

「その方がいいさ。考えたってわかりゃしないんだから」

隆一は校門を出るとタクシーをとめた。

3

私と隆一は公園の入り口の前でタクシーを降りた。

大きな公園だった。色付いたブナや水楢《みずなら》の小路《こみち》を歩いて、広場に出た。

広場では噴水が飛沫《しぶき》をあげている。

テンガロンハットにジョン・レノンのような円いサングラス、無精鬚《ひげ》を生やした男が噴水の前のベンチに座っていた。

隆一は男の方に歩いていった。私は後をついていく。

「犬飼さん」

テンガロンハットの男は顔をあげた。サングラスのせいで表情は読めない。ゆったりとした口調で話しかけてきた。

「おお、隆一君、彼女連れか？」

「このあいだ話して、捜していた娘《こ》です。ほらあの飲み屋で見たという……A大の学生でした」

「犬飼です。よろしく」犬飼さんは私に手を差し出した。「君も……ようやく憩いの噴水を発見。おめでとう」

私は、自分の名前を名乗り、彼の手を握った。ふと気がつくと周囲に人が集まっている。

十五人ぐらいの老若男女だった。中学生ぐらいの子供から、老人までいる。

洋服を着たプードルを連れた人の良さそうな淑女が前に進み出た。

「あら、隆一ちゃん、私たちにも紹介してくれなきゃ困るわあ」

私はすぐに質問攻めにあった。名前と、隆一に引き連れられてここに来たことを話す。

彼らはみなリプレイヤーだった。私は次から次へと十一月七日に閉じ込められた仲間たちの紹介を受けた。

誰かがきいた。

「藍ちゃんはだいたい今日で何回ぐらいになるの？」

「たぶん今日で、二十五回目か、六回目です。ええと……犬飼さんたちは？」

犬飼さんは頷《うなず》いた。

「俺は……何回だろうね。もうわからないや。五十回を超えたあたりから数えるのをよしたから。まあ、百回は軽く超えているだろうけどさ。なんかどうでもよくなってさ。五回目だろうが五十回目だろうが同じ一日なんだからね」

隆一と話した時に気がついたことだが、十一月七日を繰り返している回数は人それぞれ違っていた。それ故、最初に十一月七日が繰り返されたのがいつなのか知るものは誰もいなかった。つい最近始まったことなのか、遥《はる》か太古から繰り返されているのか、私たちに知る由はない。

犬飼さんは、野球帽をかぶったジャージのおじさんに視線をやった。

「あの人は長老と呼ばれているんだけれど、俺らよりもずっと長い。とっくに五百回は超えているらしい」

長老は私たちの視線に気がつくと笑みを浮かべて近寄ってきた。髪も顎鬚《あごひげ》も白いものが交じっている。長老の称号は、リプレイ回数だけでなく風貌《ふうぼう》にも似合っているようだ。

「いやあ、ここがわがってえがったなあ、お嬢ちゃん、寂しかったろう」

「あの、五百回も」

「いやあ」長老は首を横に振って笑った。「これは神さんが与えてくれた試練だから。励んで徳を積まないとなあ」

眼鏡をかけた中年の女性が割って入った。梅酒を片手に持っている。

「まあ長老さん。試練でなくて神様のご褒美かもしれませんよ」

「考え方しだいだからなあ」

少しすると、十五人ほどの集まりは、数人ずつのグループに分かれて散っていった。

「昼飯だよ。俺らもいこうか」

犬飼さんは腰をあげた。隆一が私に教えた。

「ここにみんながいるのは、たいがい午前中から昼の一時ぐらいまでで、だいたい今頃には解散するんだ」

私はたずねた。

「仲間はこれで全員ですか？」

「今日来ていない人もいるよ。でも少ないよねえ」犬飼さんは笑った。「たぶん探せばもっといるんだろう。君も、近所で仲間を見つけたら公園のことを教えたらいいよ。きっと寂しがっているから」

インターネットの掲示板や、駅構内の連絡板に、公園のことは毎日書き込みしているんだけどねえ、なかなか増えないんだよ、と犬飼さんは言った。

私たち三人は中華レストランに入って、円卓を囲んだ。犬飼さんが手早く料理を注文した。

「あの、他の人たちは？」

「いろいろさ。家に帰った人もいるし、どこか遊びに行く連中もいるし。まあ笹塚《ささづか》さんなんかは、いつもみんな一緒にいたほうがいいって主張するけどね……北風伯爵が出るから」

「キタカゼハクシャク？」

犬飼さんは、私と隆一に交互に視線をやった。隆一はむっつり黙っている。

「白いものを見たことない？」

「さあ」私は首を傾げた。

「そうか。まだなんにも知らないってわけだ」

犬飼さんは北風伯爵に出会ったときのことを話した。


俺が北風伯爵を最初に見たのは渋谷《しぶや》のデパートの七階レストランで食事をしているときだった。俺は窓際の席に座り、見るともなしに街を見下ろしていた。

それは視界の端、眼下の渋谷の雑踏に唐突に現れた。

人間と思ったのは束の間、よく見るとそれは、何だかよくわからない白い異形だった。薄く輝くひらひらとした白い布をかぶったお化け。ウエディングドレスの花嫁。巨大化したクリオネ。てるてる坊主。

そいつは雑踏の中でやけに目立っていた。

俺は硝子《ガラス》越しに、その純白な存在を目にとめると、もう目を離すことができなかった。

その時点での俺のリプレイ回数は十五回目ぐらいで、公園の噴水前にリプレイヤーが集合していることはまだ知らなかった。もしも仲間たちと巡りあっていれば、そいつが北風伯爵と呼ばれていることを、知っていただろう。

でも俺はその頃一人で行動していたので、予備知識は何もなかった。

俺の背筋はただ寒くなった。

なんだ、あの禍々《まがまが》しい存在は？　なんだってあんなものが街中を歩いているんだ？

白い異形と自分との間に距離があってよかったと心の底から思った。

街の人々は、北風伯爵を完全に無視していた。おそらく彼らには視えていないのだろう。北風伯爵もまた、通りを行き交う人間たちを完全に無視して動いていた。人間の歩行速度よりはずっと速い、揺れの少ない直線的な動きで北風伯爵は人ごみを斜めに突っ切った。たとえて言うならスケートボード的な動きだったが、北風伯爵の足元には何もなかった。それが通った後には人の群れがさっと開いて、数秒の間、ナイフで開いたような切れ目ができた。人々が無意識のうちに北風伯爵をよけて動くんだ。

北風伯爵は歪《いびつ》なSの字を描くと、そのまま車道に出て、JRの高架下に消えた。

北風伯爵が視界に出現していた間だけ、世界の光が三十パーセントほど減じ、耳に入る音が六十パーセントほどカットされていたように感じた。

北風伯爵が視界から立ち去り、光と音が戻ってくると全身にじっとりと汗をかいていた。

「まあ、そんなところ。この世界は安全ではないと知ってしまった日だな」犬飼さんは話を終えた。

「へえー」前菜のクラゲとチャーシューを皿にとりながら、私は犬飼さんの話に感心して声をあげた。

「公園でみんなが、北風伯爵とかホワイトマンとかあれのことを呼んでいるのを耳にしてね。ああ、みんな見ているんだなって安心したよ」

「全く正体不明なんですか？　その……北風伯爵ってのは。人間じゃないんですよね？」

「人間じゃないだろうね、俺はあまり表現が得意じゃなくてね。とにかく何か、心の底から不安になる……嫌な感じのするものだった。その後も何度か見かけたよ。しょっちゅう見るものではないけどね。通りの向こうをさっと横切ったり、ビルの隙間に入っていくのを見たり」

「異次元生物」隆一が口を挟む。

私は隆一に、あなたも北風伯爵を見たことがあるのかときいた。

隆一は小さく頷いた。

「ぼくもあるよ。実は自分で見るまでは信じていなかった。幽霊とかＵＦＯとかね、基本的に信じないタチだから。でも、北風伯爵は、このあいだの夕暮れ時に川原で見た。ぼくは土手の上に座っていたんだ。そうしたら、犬飼さんやみんなが言うのと同じ白いひらひらとした奴が、ススキ野原を通り抜けて、荒川の水の上を渡っていった。宙に少し浮いているみたいで、それが通ると、川の水にさあっと波紋ができたよ。人間じゃないのはもちろん、この世のものではないよ。引力とかそういうのを無視しているような動きでね。確かに嫌な感じはしたな。人間の本能は〈未知〉で〈知能のありそうなもの〉を恐れるようにできているからね。あれがぼくらにとって善なのか悪なのかわからないけれど、あれと擦れ違いたくはないな」

「悪だよ」犬飼さんが断言した。「善だったらオオザトさんに、ナベ君、シズノさんはどこにいる？」

座が静かになった。

「公園のリプレィ面子《メンツ》がいるだろ」隆一が私に説明した。「今までに、何人か行方不明になっているんだよ。北風伯爵にやられたって噂なんだ」

犬飼さんは料理を見つめた。

「順番に一人ずつ襲われるんだ。俺たちは奴が見えるから、奴は気に食わないんだ」

「いや、でも、証拠もないんだし……彼らが消えたことが、必ずしも北風伯爵の仕業ということじゃ」

「俺は北風伯爵だと思うね。長老もその点は絶対だって言っている」

「長老は確かに長いけれど、全てをわかって言っているのかどうかは怪しいですよ」

私は呆然《ぼうぜん》と二人の話を聞いていた。違和感を覚え、口を挟んだ。

「あの、消えるって、いなくなるの？」

隆一は黙って春巻きを口に運んだ。犬飼さんは私に顔を向けると頭を掻《か》いた。

「やめよう、今日は、こんな話。せっかく藍ちゃんが仲間になったばかりなのに」

その夜は遅くまで三人でいた。新宿まで出て居酒屋を何軒かはしごした。

この出会いは転機だった。

私は一人でなくなったのだ。

4

公園の噴水前は私の大切な場所になった。そこにいけば仲間と会える。何度か通ううちに、私はその公園に集まってくるリプレイ面子全員の顔と名前をおぼえた。

起きて朝食を食べた後は、学校ではなく公園の噴水前に行くようになった。

いろいろなリプレイヤーがいた。そのほとんどはもしもリプレイヤー同士でなければ、会話をする機会のなさそうな人たちだった。主婦に、公務員に、ミュージシャン、中学生に、フリーターに、サラリーマン。誰もが本来の自分の職務や生活を放棄して公園に来ていた。

私たちは集まると、挨拶《あいさつ》をし、世間話をした。その後はたいがいみんなで食事をしに行った。噴水前に集まったメンバー全員でぞろぞろと出かけることもあったし、年齢の近い犬飼さんと隆一、その他に仲良くなった人を交えて数人で昼食を食べることもあった。リプレイヤーになると、本来の自分の社会的立場からは一時降りた状態になるため、年齢の離れた人とも、比較的気楽な付き合いができた。私たちは言うなれば、船が沈没して同じ救命用のゴムボートに乗り合わせた仲間だったのだ。

昼食会が終わればひとまず解散になった。そのまま家に帰ることもあったし、二次会、三次会と続くこともあった。

そのようにして十一月七日は繰り返された。

やがて、笹塚さんという主婦が公園に姿を見せなくなった。笹塚さんは気さくな性格の四十代の女性で、家事を放り出して、ほとんど一日中酒を飲んでいた。初めて会った時に梅酒を片手に笑っていた人だ。

笹塚さんの住所は知っていたので、みんなで様子を見に行った。何も全員で行くことはないような気がしたが、リプレイヤーはみんな暇を持て余しているのだ。笹塚さんの家は朝霞《あさか》市の住宅街の中にあった。呼び鈴を押しても反応はなく、私たちは哀しい気持ちでドアの前に立っていた。

開いてくれよ。私はドアノブを凝視しながら祈った。笹塚さんが缶ビールでも片手に、あら、みなさんおそろいでどうなさったの、とドアを開いてくれればどれほどいいか。

久美《くみ》ちゃんとみんなに呼ばれている中学二年生の女の子が、誰かに囁《ささや》くのが聞こえた。

「まさか、伯爵が」

「まだわからないよ。ちょっと買い物に出かけているだけかもしれないし」

私たちはしばらく家の前にいた。十人を超える人数で路上にたむろするのは居心地が悪かったので、〈心配しているので一度でいいから公園に顔を出してほしい〉という旨の置き手紙を、ドアに挟んで立ち去った。

結局、笹塚さんが公園に来ることはその先二度となかった。

長老は、笹塚さんがどこにいるか自分は知っていると言いはじめた。

「なんも心配することたあねえ。笹塚さんはね、神様がお呼びになったのよ」

私は長老にたずねた。

「お呼びになったって……どこへです？」

長老は笑みを浮かべた。

「そりゃあ、おめえ、十一月七日の向こう側、十一月八日よ。あのお母ちゃんは、十一月八日に行ってわしらを待ってくれているのよ。わしらもじきに機が熟せば十一月八日に迎え入れられる。きっと向こうで神様が一人一人に仕事を割り当てているのだろうよ。その準備が出来たらお迎えが来るってことよ。そのお迎えが、北風伯爵と呼んでいるやつよ。ありゃあ、神様の使いなんだから恐がっちゃだめだ。来る時は来る。来ない時は来ない。

気にしないでいたらいいんだ」

私たちがリプレイしているのは、神様が私たちに与えた試練であるというのが長老の説だった。善行を積んでいればいつの日か十一月八日に行ける。だが、リプレイしているのをいいことに悪行を働いていれば、いつまでも十一月七日を繰り返し続けなくてはならない。そのように長老は語った。

私は、今や幻の未来である十一月八日について考え、ため息をついた。

十一月八日は晴れだろうか、雨だろうか。冷え込むだろうか。なんだか十一月八日というものが、奇妙に輝いて見えた。笹塚さんはもしも向こうにいるのなら、何をしているのだろう。私たちがこちらにいるということは、笹塚さんのいる十一月八日には私たちはいないのだろうか。そもそも十一月八日などというものは存在するのだろうか。

久美ちゃんは彼女と仲が良かった笹塚さんが消えてしまったので、私たちのグループに入った。噴水前に来たはいいが、どこか所在無げにしている久美ちゃんを、犬飼さんが素早く誘って私たちのグループに招き入れたのだった。

最初にボウリングに行き、すぐに打ち解けた。

久美ちゃんが北風伯爵に遭遇したのは図書館の中だった。本を探していると、急に館内が暗くなり、書架の間を白いものが通り抜けていくところを見たという。彼女は北風伯爵に対して独特の見解を持っていた。

「あれはね、冬の精だと思う」

「妖精《ようせい》ってこと？」

久美ちゃんは、うんうんと頷《うなず》いた。

「今は秋でしょ？　これから冬になるから、冬の精が下見に来ているんだと思う。藍さんもそのうち見ますよ」

「恐くない？」

「恐いけどお」久美ちゃんは口を尖《とが》らせた。

「恐がってたってしょうがないじゃないですか」

数えられることもなく、記録に残ることもない日々が過ぎた。

次に消えたのは長老だった。

私が初めて北風伯爵を見たのは、長老が消えてからしばらく日数を経てからだ。

その日は夕方前に仲間たちと別れて、一人でアパートに戻った。私はベッドに腰掛け壁にもたれた。部屋を照らす蛍光灯の光が妙にうら寂しく見えた。

最初は本を読んでいたが、脳が疲れたので閉じる。

何もする気は起きなかった。ただ、じっとしていた。遠くで犬が咆《ほ》えた。上の部屋のベランダで洗濯機がまわっている音がする。壁越しに隣の部屋のテレビの音が漏れ聞こえてくる。お笑い番組だ。隣の部屋は三十代の夫婦が住んでいる。彼らは毎日同じ時刻に同じチャンネルを見ているのだろう。同じ箇所で笑い、同じ台詞《せりふ》を言い合うのだろう。世の中にあるものはみな運命のシナリオ通りに動く機械。同じ時刻に同じ場所に行き、同じことをしている。百万遍も繰り返し上映される映画のエキストラ。

気がつくと、煙草の空箱を丸めていた。いつのまにか吸いきってしまっていたようだ。

私はサンダルを引っ掛けてドアを開いた。

十一時を越えていて販売機では煙草が買えない。コンビニへ行くつもりだった。切れかかった街灯が点滅している暗い道を歩く。

ふと足をとめた。

十メートルほど前方の暗がりにそいつは佇《たたず》んでいた。

聞いていた通りの印象だったのですぐにわかった。白衣の修行僧、ウエディングドレス、てる坊主、クリオネ、どれもが少しずつ混じっていてそのどれでもない白い存在。簡潔に言うのなら、成人男性ぐらいの大きさの人間が、頭から白いシーツをかぶったような姿の何か。

私は電柱の陰に隠れた。

北風伯爵の存在感は圧倒的だった。それは周囲の光を吸いとり、暗い夜道をさらに暗くしていた。世界から音が遠ざかり、水を打ったような静寂があたりを支配していた。

私は電柱の陰から北風伯爵を凝視した。

ひらひらと身体全体が小さく波打っている。

笹塚さんや長老が姿を見せなくなり、みんなが北風伯爵のせいだと騒いだとき、私は思った。どうして公園に来なくなったぐらいで、そんなわけのわからない超自然のものを持ち出すんだ？　と。友達がしばらく学校に顔を見せぬことを、宇宙人に拉致《らち》されたと騒ぐのと同じぐらいの不自然さではないか。

だが、いざ北風伯爵を目の当たりにすると、皆の言うことに同意できる。笹塚さんと長老が消えたことに北風伯爵が関わっていると連想するのは、ごく自然だ。私は蛇を初めて見た蛙だった。蛇の気配だけは以前から知っていた。あの薄ら寒さだった。

なぜだか思い出す。中学生の頃、騒がしい教室が唐突に数秒間静まることがあり、そんなときには誰かが「いま幽霊が通ったぞ！」と叫んだものだ。もしかするとあのときは北風伯爵が教室を通り抜けていたのかもしれない。

ただ姿もなく、名付けられていなかっただけで、北風伯爵は私が子供の頃からずっとそのあたりにいたように思える。駅や、街中や、通学路や、建物の廊下や、教室や、自分の部屋などで、私は何度となくこれと擦れ違っていたような気がする。

心の奥底の声が言う。

なんだおまえか。形など無いと思っていたけど最近は服を着て歩くようになったのか。

北風伯爵という北原白秋《はくしゅう》をもじったかのようなアホ臭い名前も実物を見るとなんとなく似合っている。北や伯が白のイメージに結びつくあたりに命名者のセンスが窺《うかが》われる。

北風伯爵はローブの裾《すそ》をはためかせ、私のほうを向いた。北風伯爵の足元は宙に二十センチほど浮いていた。顔には目鼻がなかった。

私は動けなかった。

北風伯爵は時間を超越して人間の魂を食べる存在なのだ。それが、十一月七日という一日に、漁師のように網をかけたのだ。私たちリプレイヤーは生《い》け簀《す》を泳ぐ魚であり、時が来れば順番に掬《すく》われ、喰《く》われるのだ。

それがこの世界の仕組みなのだ。

北風伯爵はゆっくりと近付いてきた。

北風伯爵の波打つローブの襞《ひだ》が私を幻惑した。うっすらと何かが透けて見えた。内部で星が瞬き、雲が成長し、山脈が生まれ、頂点まで高まり、はじけて、全て失われ、また生まれ……五秒ほどのあいだに惑星の一億年を見たような気分になった。

逃げられないと思った。

ジェット機の速さで迫ってくる高さ五百メートルの津波のようなものだった。

北風伯爵は、電柱の陰に縮こまって金縛りにあっている私には関心を払わず、私の横をすっと通り過ぎた。

そのまま角を曲がって行ってしまった。

私はブロック塀に体を預けた。膝小僧《ひざこぞう》が震えていた。世界に音が戻ってきた。

どうやら今日は私の番ではなかった。


翌日の公園で、隆一と犬飼さんと久美ちゃんにだけ、北風伯爵に出会ったことを話した。

「最初の一回目でやられるということもありえるからね。本当に、見過ごされて良かった」

犬飼さんが言った。隆一は黙って公園の池に石を投げた。

5

犬飼さんは毎日公園に来るわけではなかった。隆一にきくと、犬飼さんはよく一人で渋谷に行くのだそうだ。

ある日、私は渋谷の書店からでてくる犬飼さんを偶然に発見した。犬飼さんは例の怪しいテンガロンハットに円いサングラスをしていた。走って近寄って肩を叩《たた》く。

「なんだ藍ちゃんか」

「なんだはないでしょ。どこ行くんですか」

犬飼さんは少し戸惑ったそぶりを見せてから、ついてくるかい？　ときいた。

私は犬飼さんについて歩いた。やがて犬飼さんはカフェに入った。

席に座ると、なんとなく気まずくなった。私はコーヒーを注文した後に、もしかしたら犬飼さんは一人の時間を楽しみたいのに、自分が迷惑をかけているのではないか、と思い当たった。私がそのことを口に出そうとしたとき、犬飼さんが言った。

「俺の後ろ、二つ先のテーブルに水色のカーディガンの女がいるだろう」

見れば窓際の席で、休日のＯＬ風の若い女の人が、手鏡を見ながら化粧をチェックしていた。

「あれ、俺の女房なんだ。去年、籍をいれた」

「へえ、きれいな奥さんじゃないですか」

私は犬飼さんが結婚していると知らなかったので、それなりの驚きがあった。素早く犬飼さんの左手の薬指を見たが、指輪は嵌《はま》っていなかった。

「今から浮気するんだ」

私は二の句が継げず、眉《まゆ》をひそめた。

「彼女はあのテーブルで男を待っている。その男はもうじきに来る。彼女が働いている同じ会社の、彼女より三歳年下の、大村仁司《ひとし》という名前の男だ。俺とは面識のない奴だよ」

犬飼さんはつまらなそうに言った。

「二人はここで落ち合った後、実にストレートにラブホテルに行く。うちは別々の会社で夫婦共働きなんだ。俺も普段の水曜日なら会社で忙しくしている。今日だって本当は朝から晩まで仕事だから、まさかここにいるとは思っていないだろう」

朝目が覚めると、妻は隣の部屋で鏡台に向かって化粧しているんだ。そして、今日の夕飯は作れないよと、まだ布団の中にいる俺に言う。職場の付き合いで飲みに行くから今晩は遅くなりそう。

結局のところ俺は——彼女と出会ってからこの十一月七日に至るまでのあいだ、精神の深い部分でずっと騙《だま》されていたんだね。リプレイヤーにならなければずっとそのことに気がつかなかったと思う。

最初の五回の繰り返しで、俺は妻がこの日、どのように嘘をつき、どこで誰と何をするのか知った。これまで彼女がどのぐらい嘘をついてきたのかもなんとなくわかった。

信じられなかった。

本当に、そんな気配なんて、まるでなかったんだ！　俺はきちんと稼いでいるし、暴力をふるったことは一度もないし、つまらないというほど堅苦しい人間でもないのに……。

今まであまり人を憎んだことはなかった。そんな感情を持つのなんて恰好《かっこう》悪いからね。だから自分が妻を心底から憎んでいることになかなか気がつかなかった。

俺はパニックになりながら、なぜだか「この繰り返しから抜け出す唯一の方法は、妻を殺すことではないのか」と考え始めた。なんでそんなふうに思ったんだろうね？　自分でもわからない。きっと俺は嫉妬《しっと》深《ぶか》くて弱く愚かな男なんだろう。あるいは、俺もそれまでずっと彼女を騙していたのかもしれない。

六回目のリプレイの時に実行した。男の方も殺したよ。暗がりに連れ込んで……二人とも鉄パイプで肉塊になるまで叩きまくった。

自分がそんなことをできる人間だなんて信じられなかった。溜《た》まっていたものを全て吐き出したよ。迸《ほとばし》るほど憎んでいたとは……自分でも意外だった。

でも、もうそうするしかなかったんだ。

夜が更け、俺は二人の死骸《しがい》を前に脱力して壁にもたれた。

そして朝が来る。

雨の音がしていて、隣の薄暗い部屋で妻が鏡台に向かって、浮気相手の大村仁司クンに会うための化粧をしている。ねえ、おきた？　今日の夕飯は作れないよ。職場の付き合いで飲みに行くから今晩は遅くなりそう、と言うんだ。それが七回目の朝だった。

たぶんこれまでに、俺は妻とその相手を十回は殺したと思う。七十回近く彼らの情事を邪魔してやった。あるときは道端で偶然を装い、あるときは朝から激昂《げっこう》し、あるときは有無を言わさずにドアを蹴破《けやぶ》り……もちろん意味はない。翌朝になれば、全ては最初からはじまる。天体の運行と同じこと。太陽は昇る。妻は浮気をしにいく。

俺が朝起きて、歯磨きのあとにすることは結婚指輪をどぶに捨てることとさ。

「最低だろ」犬飼さんは天井を見上げた。確かに最低だが、誰が（あるいは何が）どのぐらい最低なのかは私には見当もつかなかった。

「さっき、きれいな奥さんって言ったの、あれ、嘘だから」

思わず言うと、犬飼さんは力なく笑った。

「私、犬飼さんにすごく同情する。私が犬飼さんだったら同じことをするかもしれない。でもね、もう、そういう殺したりとか……やめたほうがいいと思う」

「だいぶまえにやめたよ。もう殺すほどの情熱は俺にはないんだ。そんなこと飽きちまったよ。誰かに話したかっただけさ。さあ、チーズケーキでも食べようか」

窓際の席に男がやってきた。私服姿の背の高い若い男で、女の向かいに座った。ふいに私は腹が立ってきた。半ば本気で言った。

「私、ちょっとあいつらに蹴《け》りをいれてこようか」

「いいってば」犬飼さんは手で制した。「それよりさ、前に消えた笹塚さんなんか、自分で言っていたけど、虫歯だってよ」

「うそ」私は毎日お酒を飲んでいた笹塚さんのことを思い出した。虫歯であり続けるというのは想像を絶する。

「まあ、笹塚さんも十一月八日で今頃はきちんと治療してもらっているさ」

私たちはチーズケーキを食べた。

「あの公園に行くようになって……俺はようやくこの世界を嚙《か》み砕いて呑《の》み込んだ。君や、隆一君に出会った頃には……本来のバランスをとりもどしていた。もう、何一つ問題ないよ」

「私、嫌なこと聞いちゃったな。このまま出ると胸がむかむかしそう」

犬飼さんは考えてからため息をついた。

「じゃあ、店を出るときに妻には挨拶《あいさつ》ぐらいしてみようか。そろそろ行くかい」

私たちは立ち上がった。レジで勘定を払い終わると犬飼さんは、窓際の席に歩いていき、エリ、と女の人に声をかけた。

笑っていた女の人が顔を上げる。表情が明らかに凍りついた。彼女は素早く犬飼さんの背後にいる私に目を走らせた。

状況が理解できずに狼狽《ろうばい》をみせたのはほんの一瞬だけだった。

「あれえ？」エリと呼ばれた女は少し高い声をあげた。

あくまでとぼけることに決めたらしい。傍目《はため》にわかる作り笑いが浮かんでいた。

「あれえ？　セエちゃん、なんでここにいるの？　仕事はどうしたの？」

「別に。じゃあ」

犬飼さんはそれだけ言うと、沈黙を背にして扉の方に歩いた。私はエリに心理的打撃を与えるために、わざとらしく、待ってえと甘い声をだして犬飼さんを追いかけ、腕にしがみついた。

カフェを出て少し歩いてから腕をほどいた。

「きっと今、悔しがっているよ」

犬飼さんは伸びをした。

「もう少しだけ腕を……いや、なんでもない」

それから何の前置きも無く不意打ちのように、

「まあ、それで藍ちゃんは、隆一君が好きなんだったっけ?」と、言った。

あはは、と私は笑った。

「別に、全然そんなことないけど、なんで?」

「きいてみただけさ」

犬飼さんとは夕方に別れた。

6

仲間は一人、また一人と消えていった。

世界は十一月七日という一日を繰り返し続けているのだから、本来なら何が起ころうとも人が消えるなんてことはありえないのだ。

たとえ交通事故に遭《あ》って死んでしまおうと、次の日の朝にはベッドで目を覚ます。そして目を覚ませば、一日の予定などないに等しいのだから、誰かと仲違《なかたが》いでもしているか、特別な理由でもないかぎり、いつも通りに公園に来るはずだった。

やはり人が消えることには北風伯爵がからんでいるとしか思えなかった。

公園に集まる面子《メンツ》は確実に減っていった。消える順番に、年齢やリプレイ回数は関係ないようだった。

噴水前の面子は、やがて十人をきった。

私がはじめて公園に来たときには三つか四つのグループがあったけれど、十人をきると残ったもの同士でだいたい一つにまとまった。

私は公園の仲間たちの全員を愛していたわけではない。当然だが、なかには肌の合わない人たちもいた。

人数が減ると、そういう人たちを交えて食事に行く機会が増える。

杉田さんという四十二歳の男の人はどうしても苦手だった。話していると昂《たか》ぶってくるタイプの人だが、真剣な顔で熱を込めて話すその内容は「自分はいかに能力がありエライのか」という主張に終始するのだ。

杉田さんは、通訳の資格を持っていたり、スチュワーデスの奥さんがいたり、プロ野球選手と親友だったり、高校ボクシングで関東大会のライト級のチャンピオンになったり、早稲田《わせだ》大学を卒業していたり、ハリウッドの有名俳優から直接に電話で映画字幕の仕事を頼まれたりするのだった。それらの設定は話している間に小学生でもわかる明白な矛盾をあちこちに孕《はら》み続けるのだが、杉田さんはそれを気にすることなくだんだんと態度が大きくなっていく。最終的には自分のような立派な男になるにはどのように生きるべきかと、口調が完全に説教調になり、激してテーブルを叩《たた》いたりするのだ。

もちろん回が変わると、早稲田が慶應《けいおう》に変わっていたり、ライト級がフェザー級に変わっていて、質問するとボクシングの階級のことをよく知らなくてごまかしたり、野球選手の親友だったのが、一昔前に一世を風靡《ふうび》した超有名歌手の親友に変わっていたりする。それらの更新はさらなる嘘を呼び、もう混沌《こんとん》とした杉田さん独自のトンデモ嘘履歴とでもいうようなものを構築してしまっているのだった。

私は杉田さんを交えて食事に行くのがどうにもイヤだった。隆一や犬飼さんはあまり気にしていないようだった。

「まあ、ああいう人はどこにでもいるんだよ。特に珍しいものではないから、適当にあしらって無視していればいい」

犬飼さんは私の不平にそのように答えた。

隆一は杉田さんを「ドリーマー」と評した。

私たちは北風伯爵に捕まらぬようにするための対策会議をデニーズで開いた。

何人かは、もういない長老が広めた説、「北風伯爵は神様の使い」を信じていて、会議は混乱した。

改めて全員で話し合っても、それぞれの北風伯爵遭遇談は似たり寄ったりで、新しい情報は少なかった。対策会議でわかったことは、仲間が北風伯爵に捕まるところを直接に見たことがあるものはいないということだった。

つまり、北風伯爵は獲物が一人でいるときに出現する可能性が高い。

デニーズを出て少ししてからだった。二十九歳の佐々木《ささき》さんが、唐突に杉田さんを殴りつけた。佐々木さんはいかにも人柄の良さそうな、ひょうきんな丸顔の男で、ガソリンスタンドの店員だった。

佐々木さんは杉田さんの頭を抱え込むと顔に膝《ひざ》を打ち付け、そのまま道路にねじり倒した。

普段の冗談ばかり言っている優しい佐々木さんを知っている私は、その豹変《ひょうへん》振りに腰が抜けるほど驚いた。

杉田さんは尻餅《しりもち》をついて顔を押さえた。佐々木さんは杉田さんを見下ろすと、低い声で言った。

「おっさん、元チャンピオンなんだろ？　ボクシング教えてくれよ」

佐々木さんは無抵抗の杉田さんの頭を蹴《け》りつけた。顔をかばう杉田さんをひどい言葉で罵倒《ばとう》する。

隆一が、まあまあ、と佐々木さんを止めに入った。佐々木さんは充血した目で言った。

「いやいや、隆一君たちさ、俺たちのことはちょっと気にしないで、みんなで先に行っといてくれるかな？　みんなもこの困ったちゃんにはうんざりしているでしょ？　俺はこれから、このおっさんにいろんなこと、教えとくからさ」

杉田さんはうずくまったまま、畜生、畜生、おまえなんか、とぶつぶつ呟《つぶや》いた。

さきほどのデニーズで、北風伯爵の議題が終わった後に、杉田さんがいつもの嘘自慢話（隆一言うところのドリームタイム）をはじめたことが佐々木さんの癇《かん》に障ったらしい。有名Jポップ女性歌手の大ヒット曲を作曲したのは実は自分だとかいう話だった。思えばその時、杉田さんは佐々木さんのことを少し侮辱するような発言をしていたのだ。

杉田さんのことが大嫌いだった私だが、いい気味だとは思わなかった。明らかにやりすぎだった。

佐々木さんは隆一に押さえられながらも、怒りに満ちた冷たい目を杉田さんから離さなかった。

「なあ、おっさんよお、公園に来てもいいけどよ、もう口をきくなよ。お調子に乗らなきゃいいんだからさ。別にあんたを殺してやったっていいんだぜ。百回だって殺せるしよ」

人だかりができた。私は重苦しい表情で腕を組んで見物している犬飼さんに断ると、久美ちゃんを連れてその場を離れた。痛々しくて見ていられなかったし、面倒なことに巻き込まれたくなかった。

二人で足早に歩く。

佐々木さんの台詞《せりふ》が胸に残っている。

——百回だって殺せる。

ああ、その通り。我慢などする必要はないから殺せばいい。

だが、そこはリプレイヤー同士だ。杉田さんだって佐々木さんを殺せるのだ。腕力で負けるなら刃物を使えばいい。むしろプライドを著しく傷つけられた杉田さんのほうこそ、明日刃物を持って公園に来ないとは限らない。

片方が相手を殺したって戦いは終わらない。翌朝には復活するからだ。北風伯爵がやってくるまでの間、毎日相手に対する恨みを募らせ、心底から憎み、怯《おび》え、殺し合い続ける——そんな地獄を想像し、震えた。

周囲に人気がなくなると久美ちゃんと私は彼らの愚かさについてたっぷりと毒づいた。

久美ちゃんは、十四歳にしてはかなり頭が良く、杉田さんと佐々木さんの喧嘩《けんか》に、ひじょうにきびしい論評を下した。

夜になると隆一から電話がかかってきた。

私と久美ちゃんが離脱してからすぐに杉田さんが走って逃げ出し、全員、あの場所でどこかうやむやに解散したということだった。

私は久美ちゃんと話しあって決めたことを隆一に宣言した。

「私たちは、好きな人とだけ付き合うことにした」

わずかな沈黙のあと、隆一は呆気《あっけ》にとられたようにきいた。

「好きな人がいるの？」

「そうじゃなくて、気に入った人たちってことだけどさ」

隆一はためらいがちに言った。

「その仲間に、とりあえずのところは、ぼくや犬飼さんも入れてくれるかな。やはり、北風伯爵のことを考えるとできるだけみんな一緒にいたほうがいいと思うんだ」

私は承諾した。今日のデニーズでの会議では、北風伯爵は獲物が一人でいる時を狙うという話だった。

「犬飼さんとも話したけどさ、しばらく公園に行くのはやめて、別のところで待ち合わせよう」

　私たちは待ち合わせ場所を日ごとに変えて落ち合うようになった。

　この時期に私と一緒にいた仲間は、隆一に久美ちゃん、犬飼さん、それにコクラさんという三十八歳の男の人が加わっていた。

　コクラさんは市役所勤務の公務員で、頭髪はやや薄く、眼鏡をかけていた。寡黙でいつもにこにことしている二児の父親だった。

　コクラさんはこれまで、とりたててどこのグループにもはっきりとは属していなかった。気まぐれに公園にぶらりとやってきて、その時そこにいる人たちとお茶を飲むと、またしばらくは現れないというスタイルだった。

　北風伯爵の実物にはまだお目にかかったことがないコクラさんは、デニーズの対策会議にも出席していなかった。事情を知らない彼が久しぶりに公園に行ったら誰もいないのでがっかりしていたところを犬飼さんが発見し、私たちの仲間に引っ張ってきたのだ。人を引っ張ってきて仲間にするのは犬飼さんの得意技だった。

　リプレイヤーは他にも何人かいたが、公園に行かなくなると同時に、彼らとの付き合いはなくなった。だからドリーマー杉田さんと、佐々木さんがその後、どうなったのかはわからない。和解していることを祈るが、二人の性格からしてその可能性は低い。

私たちは四六時中一緒にいたように思う。午前中にどこかの駅前で待ち合わせると、あとは一日が終わり世界が揺らぐ瞬間まで一緒にいた。

お別れの時刻になると、私たちはお互いの顔を確認して、おやすみなさい、と言う。おやすみなさい。今日は楽しかった。また明日。

秋の夜風の中、透明な毛布が私を包む。夢からまた別の夢へ。私たちはそれぞれの朝のはじまりに飛ぶ。


その日はいつものように五人で遊んでいた。ビリヤードをした後に、ステーキを食べに行き、勘定を済ませて外に出ると久美ちゃんがいなかった。

「あれ、待って。久美ちゃんは?」

「トイレじゃない?」

最後に出てきたのは犬飼さんだった。お気に入りの円いサングラスをしている。

「犬飼さん、久美ちゃん、後ろにいなかった?」

「さあ。トイレだろ」

しばらく待っても来ないので、私はトイレまで呼びに行った。

照明はかろうじてついていはいたが、妙に薄暗いトイレに足を踏み入れる。店内で流れている音楽もここまでは届いてはいない。外の時間から取り残されているようなトイレだった。薄ら寒さがタイル張りの部屋全体に漂っていた。

「久美ちゃん、いる？」と小さく呼んだ。返事はない。仕切られたトイレのドアは三つあり、二つは開いていた。

一つは閉まっている。真ん中のドアだ。隙間から仄《ほの》かに青白い光が漏れていた。

私はドアノブに手を伸ばした。だがそれを開く勇気はとてもなかった。開けずとも中から伝わってくる冷気でわかった。

冷ややかで圧倒的な蛇の気配。

北風伯爵が真ん中の扉の向こうにいる。

では久美ちゃんは？

仮に久美ちゃんが北風伯爵と一緒に中央の個室にいるのだとしても、もう私には何もできなかった。仲間が蛇に丸吞《まるの》みされているところに出くわしても、蛙にできることはない。

私は忍び足で踵《きびす》を返した。

戻ってきた私に隆一がきく。

「久美ちゃんいた？」

すぐには答えられなかった。消え入りそうな声でようやく言った。

「いなかった」

私の表情や声の様子に尋常でないものを感じ取ったのだろう。隆一は眉《まゆ》をひそめると、ちょっと見て来る、と店内に戻ろうとした。

私は咄嗟《とっさ》に隆一の腕を掴《つか》んだ。

隆一は私の顔を見た。私はいやいやをするように首を振った。

久美ちゃんには悪いが、行ってどうなるのだ？　ことによれば、奴はまだあそこにいる。下手なことをすれば犠牲者が増えるだけだ。

店の前で、いつまでも四人が固まっているのを不審に思ったのか、ウエイターが顔をだした。

「どうなさいました？」

連れがトイレから戻って来ないんです、と私は言った。女子トイレなんですが、見てきてもらえますか？　久美という女の子です。

ウエイターは瞬間怪訝《けげん》そうな顔をした後、お待ちくださいと店に戻った。二分もせぬうちに再び顔を出した。お客様、お店のほうにお連れの方はいないようです。

誰も何も話さずにとぼとぼと歩いた。音も悲鳴もなく十四歳の仲間が消えた。私たちが固まっていても白い奴は現れるのだ。十一月七日という檻《おり》に私たちを閉じ込めた超自然の怪物が、こうしようと思ったら、もうそれに逆らうことはできないのだ。

このことは私たち残された四人の心に大きな打撃を与えた。

7

私たちは久美ちゃんの一件から、考えを反転させた。つまり、常に一緒に固まっている意味はあまりないと考えたのだ。それはある種の諦《あきら》めだった。私たちは、比較的自由に行動するようになった。

四人になってからの私たちを結びつけたのは、コクラさんの提案だった。

彼は次のように言った。

「みんなで旅行をしませんか」

最初に行ったのは箱根《はこね》の温泉宿だった。

それ以降、私たちは頻繁に旅行に出かけるようになった。集合場所を羽田空港や東京駅にして、新幹線や飛行機であちこちに行くのだ。

私はこれまで旅行にあまり興味がなかった。わざわざ自分の足で訪れてみたいと思えるような土地がなかったし、「面倒くさい」という先入観が強かったからだ。コクラさんが提案した時も、反対こそしなかったが、内心抵抗を感じていた。

だがリプレイヤーとして旅行に行くようになると、学校に行くのと同じ程度の準備で、空港や東京駅に行けばいいだけだった。どんなに疲れようと、どこで何をしていようと夜の十一時半になれば、ベッドの中に飛び、全ては昨晩の夢となる。帰る時刻や予算を心配することもなく、お土産を買う必要もない。これほど気楽な旅行もなかった。

箱根の後は京都に行った。次は名古屋に行った。長野にトレッキングをしに行った。伊《い》豆《ず》に行き、日光へ行き、富山へ行き、金沢に行った。

犬飼さんが華《け》厳《ごん》の滝の前で言った。

「昨日、計算したらさ、沖縄なんかも、遠いようで、実は飛行機で三時間ぐらいで行けるんだよね。九時発の便に乗れば、午前中に那覇空港に到着する」

「行こう次、沖縄」私は気分が高揚して思わず笑った。

私たちは旅の間によく喋《しゃべ》った。四人一人一人が、リプレイヤーになるまでは何者でどんな経験をしてきたのか、何が好きで何を大切に思うか。時には意見が食い違い議論になった。だが喧嘩《けんか》をすることはなかった。

犬飼さんが奥さんを十回も殺したことはすぐに隆一とコクラさんにも告白されたが、笑い話として処理された。

北風伯爵に対する議論もよくした。宇宙人説、天使や死に神などの神様説。いくら議論をしてもその正体や目的に近付くことはできなかった。

その正体がなんであるにせよ、北風伯爵は私たちにとって必要なものなのかもしれないと私は思う。いつかあれに捕まる日が来ると思うから、それまではなるべく楽しんでおこうと寄り集まったり、旅行したりしているような気がするのだ。

もしも北風伯爵が存在せずに、十一月七日がただひたすら永劫《えいごう》に続くとしたらどうだろう。私はやがて行動をする気力を失い、朝起きたら、睡眠薬を買いに行き、あとは一日中眠るだけの日々を続けるようになる気がする。

私たちは沖縄へ行き、北海道へ行った。遊園地へ行き、雲海を見下ろす山に登り、清流で釣りをし、ボウリングをして、テニスをして、アイススケートをした。美術館に行き、温水プールで水泳をした。

また私たちは、時折「思いつき挑戦」という遊びをした。これは、あまり実現する機会のない、ささやかでくだらない夢を、みんなでお金や労力を出し合って叶《かな》える、という趣旨の遊びだ。

私はゴールデンレトリバーの子犬二十四と芝生で戯れるという夢を叶えた。

コクラさんはスポーツカーをレンタルして高速道路をすっ飛ばした。彼の夢は警察とのカーチェイスだった。

コクラさんは東名高速で大事故を起こして死亡した。次の日の朝には、いつになく興奮気味にレースの様子を語った。

「最高だったよ。死ぬかもなと思ったけれど本当に死ぬとはね」

隆一はカヌーで太平洋に漕《こ》ぎ出して遭難した。隆一は翌日の喫茶店で夜の大海原について語った。

「だんだん波が高くなってきて、もう必死だった。岸の光はとうに見えなくて、ただもう暗い海面がうねり狂っているんだ」

犬飼さんは特に何も思いつかなかった。

「別に君たちみたいに思いつかないから、甘酒をもってみんなで公園で凧揚《たこあ》げでもしようか」

私たちは十一月七日という名前の夢を渡り続けた。

8

私たちは八丈島《はちじょうじま》の砂浜に座っていた。夏場は賑《にぎ》わうだろうこの島の砂浜も、十一月となると驚くほど閑散としていた。

もう九時をまわっていた。空には、月光を反射させた青白い雲が散らばり、その合間に星が瞬いていた。

特にすることもなく、私たちは島酒の芋焼酎《いもじょうちゅう》をまわして飲んでいた。

犬飼さんが誰にともなく言った。

「まあ、永遠の休暇を手に入れたと思えば悪くないさ」

「確かに」コクラさんが応じる。

私はひんやりとした砂浜に寝転がって星を眺めた。しばらく誰も何も話さなかった。

かなりの間があってから隆一が言った。

「ぼくたちは……影なんだろうか」

ぼくたちの本体はとっくに先に進んでいて、ぼくたちは本体が、十一月七日に脱ぎ捨てていった影みたいなものじゃないのか。世界は毎日、先へ進むたびに、その時間に影を捨ていくのかもしれない。

九月九日には九月九日に脱ぎ捨てられた影たちが永遠に九月九日を繰り返していて、八月三日には八月三日を永遠に繰り返し続けている影たちがいるんじゃないのかな。

「よくわからないよ。隆一」私はため息をついた。

「お盆やクリスマスイブのリプレイヤーでなくてよかったよ。どこも混んでそうだ」犬飼さんがのんびりと隆一に応じた。

「台風で大雨の時のリプレイヤーでなくてよかった。いつまでたっても暴風雨の中だなんてたまらないよな」コクラさんも言った。

隆一は続けた。

影はいつまでも残っているわけじゃない。夜になり田舎町の窓の灯《あか》りがひとつひとつ消えていくように少しずつ消えていく。北風伯爵は、ぼくたちを消していく役割の存在なんだろう。

次に消えるのはぼくかもしれないし、コクラさんや、犬飼さんかもしれない。藍ちゃんかも。遅かれ早かれ誰かが消えることになる。

ぼくはこのグループを抜けるよ。もう君たちの誰かを北風伯爵に攫《さら》われる辛《つら》さに耐えられないんだ。

仲間を失い続けるより、ぼくは一人でいたほうがいい。

だから、ぼくのことはきっとどこかでうまくやっているって……そんなふうに思っていてほしい。

いつか言おうってずっと考えている間に、今まで時が過ぎてしまった。


隆一は暗がりの砂浜で呟《つぶや》くように言った。

「今までありがとう、楽しかった」

犬飼さんがのんびりと応じた。

「隆一君。君の言うこともわかるけどさ、俺は昔、長老が言っていたことの方を信じるよ。北風伯爵に捕まったものは十一月八日に送られるんだ。だから……次に会うときは十一月八日だ」

「わかった」

「私たちはここらで解散したほうがいいのかもしれませんね」

コクラさんが口を開いた。

「あなたたちとは、これまでの人生のどんな時間よりも、楽しい時を過ごさせていただきましたよ。私は実は、職場では浮いているんです。いつの頃からかこんなふうに付き合える友達はいなくなっていた。私はね……たとえ自分が過去へ脱ぎ捨てられた影だとしてもかまわない。本体の私の人生などつまらぬものです。あなたたちに出会い、これほど素敵な時間を過ごせたのだから、よしとしましょう。別れ難いものがありますが、私も、抜けるとしましょう。あとは穏やかな気持ちで北風伯爵がやって来るのを待って、自分なりに戦うとしますよ。おっと、神様の使いだから戦ったらいけないのかな」

犬飼さんが応じる。

「いいんじゃないの。なるようにしかならんでしょ。じゃあ、みんな、十一月八日に会おう」

私も何か言おうと思った。でも何も言葉は出てこなかった。私は唐突に訪れた別れに、黙って膝《ひざ》を抱えていた。

やがて十一時をまわった。私たちはみなじっと黙って座っていた。

例の温もりがやってくる寸前に、隆一が私の手を握った。

私は思わず息を止めた。彼がこんなふうに私の手を握ったのはこれが最初で最後だった。

私は隆一の手を握り返した。

これに秘密めいた意味があるのか、ないのか、そんなことはどうでも良かった。私は私に都合の良い解釈を勝手にさせてもらい、大切な思い出を心に一つ刻むとしよう。

みんなで口々に、さようなら、と言い合った。


薄い雨が草木を湿らせていく音で私は目を覚ました。おそらく三人の仲間も、それぞれの部屋、それぞれの起点で、天井を眺めながら同じ雨の音を聴いているのだろう。

四人の生存者は別々の道を行く。

私は長い間、天井を眺め過ぎ去りし夢を反芻《はんすう》していた。

9

久しぶりに学校へ行った。

はじめて隆一と会った銀杏《いちょう》の木の下のベンチに座った。当然のことだが、はじめて彼に会ったときと何一つ変わっていなかった。

私は昨日、コクラさんが言ったことを思い出した。そう、確かに暴風雨の日のリプレイヤーでなくてよかった。十一月七日が過ごしやすく美しい一日でよかった。

私はみんなで旅行した様々な土地に思いを馳《は》せた。山はどこも紅葉していた。太平洋は乾燥した空気がきらきらと輝いていた。日本海は雨が降っていた。沖縄県は泳げるほど気温が高かった。消えていった仲間たちひとりひとりの顔や、彼らの言葉、過ぎ去ったたくさんの十一月七日の記憶を心に呼び覚ました。

なんだか眠くなってきた。

友達と別れたのは昨日のことなのに百年も月日が流れたような気がする。自分の年齢がわからなくなる。

目を瞑《つむ》り、涼風に頬を撫《な》でられながらまどろんでいると、懐かしい声に名前を呼ばれた。

「あーい、何してるの」

目を開くと、由利江がいた。

私は口を半開きにして彼女を見た。何故彼女がここにいるのだろう。私は今まで、何度となく同じ時刻にここに座っていたはずだが、由利江が現れたことは一度もなかった。彼女はこちらが干渉しなければ前日と全く同じ行動を繰り返すロボットなのだから、今までこのベンチに現れなかった彼女が、姿を見せるのはおかしい。

「ねえねえ」由利江は興奮気味に言った。「あたしさあ、すっごいんだけどお、ねえ、ほんっとすっごいんだけどさあ」

私は続きを待った。あいなめを釣ったんだったっけ。なんて懐かしい古代の神話。由利江の目は少し怯《おび》えていた。彼女は声をひそめた。

「あたしさあ、今日？　十一月七日？　これで三回目なんだけど？　信じられる？」

私はため息をついた。

「信じられるよ」

私たちは学食に行った。私は由利江に、自分も十一月七日を繰り返していることを話した。由利江は焼きそばパンを食べながら話を聞いた。カレー以外のものを食べる由利江をなんだか新鮮に感じた。

「やっぱ藍も？　ああ、よかったあ。あたしだけかと思った」

由利江は潤んだ目で私の手を握った。

「でもさあ、三回もおんなじ一日ってどういうことなのよ？　どう思う」

「私は、もっとよ。数え切れないぐらい。二百回か三百回か、いや、たぶんそれ以上」

由利江は黙って、上目遣いに私を見た。ことの真偽を確かめようとしているかのようだ。

私はリプレイヤーは自分たちだけではないことや、私がこの一日を繰り返している間にいろいろな仲間に会えて、ずいぶんと楽しかったことを話した。そして、正体不明の白い存在がいることも。

由利江は生まれたての次世代のリプレイヤーだった。この先、生存が長引けば新しく仲間を見つけることもあるだろう。旧世代の生存者の私は、持っている情報を正しく彼女に伝えるのが自分の義務のような気がした。

「たぶん、他にも仲間がいるから、インターネットの掲示板なんかで探してみたらいい。私の時みたいにみんなが集まっている場所があるかもしれない」

由利江は、一緒にやってくれるよね？　ときいた。私は首を横に振った。

由利江のことは嫌いではない。大昔の十一月七日に〈実は彼氏いるんだよね攻撃〉をくらったことはきっちりおぼえているが、そんなことはもはやどうでもよかった。手助けをしてあげたい気持ちもあったが、彼女と一緒に新しい仲間たちを探し、再び徒党を組もうとは思わなかった。

私はもう充分に、楽しんだし、悲しんだし、苦しんだのだ。一人でいたかった。

由利江とは夕方に別れた。たぶんもう会うことはないだろうと、暮れていく空の下で思った。あるいは――十一月八日に会うかもしれない。その時は存分に語り合えるだろう。

それから何日か、私は真っ白な使いがやって来るのを待った。学校に行く気もせず、どこか他に行くべき場所も思いつかなかった私は、いつのまにか例の公園に来ていた。

噴水の前に、私と同じように行き場所がなくて結局戻ってきたかつての仲間がいることを期待したのだ。

公園の噴水前には誰もいなかった。

別れた以上するべきではないことだったが、私は携帯電話を取り出すと、ほとんど我慢できずに隆一の番号にかけた。しばらく待ったがつながらなかった。

――電源が切れているか電波の届かないところにいるか……。

犬飼さんとコクラさんにもかけた。つながらなかった。


みんな去っていく。

私はぶらぶらと公園を歩くと、手頃なベンチを見つけて座り、煙草を吸った。

犬飼さん、コクラさん、隆一。もうみんな北風伯爵に捕まって消えてしまったのだろうか。

この十一月七日の世界の未来について考える。リプレイヤーの数が減ると、また新たなリプレイヤーが登場する。彼らもまた北風伯爵に消されるのだとすれば、この世界の人口はどんどん減っていくだろう。このさき世界は混乱していく。企業は経済活動を停止し、労働者は仕事を放り出す。電車も飛行機も動かなくなる。

何億日か過ぎれば、無人の都市を徘徊《はいかい》する北風伯爵以外は誰もいなくなるのだろうか。

わからない。

なんにせよ世界はゆっくりと終局に向かい、私の生はその途上にほんの少しだけ瞬いた光のようなものなのだろう。

ふと風に気配を感じて私は道の先を見た。並木の先に北風伯爵がいた。北風伯爵の周囲だけ光が吸い取られて暗くなっていた。それの意識がはっきりと私に向いているのが感じ取れた。

ようやく順番が巡ってきたようだ。

お迎えごくろうさん。ちょっと遅かったんじゃないの？

この薄ら寒さのお化けが私をどこに連れて行くのかはわからない。ただ、十一月八日に行くのだと信じてみる。もしも十一月八日に到着したら、まっさきに噴水前に行こう。きっとみんながいるはずだ。

私は待ち合わせの恋人が向こうから来たかのようにベンチを立った。

落ち葉が舞い、風がやってくる。扉は開かれ、眩《まばゆ》い光に包まれる。

さよなら十一月七日。

いろいろあったが悪い一日ではなかった。

神家没落

1

春の夜だった。

空には朧《おぼろ》な満月が浮かんでいた。

友人の家で酒を飲んだ帰り道で、ぼくはのんびりと夜の町を歩いていた。

桜はあらかた散り、微《かす》かに花の香りを含んだそよ風がやさしく吹いていた。

ほろ酔い気分の自由な心持ちで静かな住宅街に入る。あと数百メートルで自宅というところで、少し遠回りして近所の公園に足を向けることにした。

とりたてて目的があったわけではない。

なんとなく帰宅するのが惜しくなったのだ。家にはぼくを待っているものはいない。

女子大の脇を通る秘密の抜け道ともいえる細い路地に入った。車が通れる幅はなく、付近の住民だけが使うような道だ。ここを通り抜ければ池のある公園に出る。公園のベンチに座ってヘッドホンで音楽を聴きながら、夜の水鳥など眺めて帰ろう、そんなふうに考えていた。

細い小路《こみち》はレンガの塀で囲まれた洒落《しゃれ》た洋館の脇を曲がったところで、街灯の光が届かなくなり周囲が妙に暗くなった。足元の道は桜の花びらの交じった落ち葉で覆われている。見上げれば新緑の桜や槻《けやき》、杉の木で天蓋《てんがい》ができていた。

この道こんなふうだったっけ？　とぼんやりと思ったものの、公園に向かっているのだから、あたりが暗く緑濃くなることは不自然でもなかった。

2

少し進むと開けた場所に抜け出た。

月光が一軒の民家を照らしている。藁《わら》葺《ぶ》き屋根で、縁側があった。この近辺では妙に場違いな建物だ。

家を取り囲む円形の敷地が垣根で囲われていた。垣根の外側には、夜の黒い樹木が壁を作っている。

おかしいな、と思う。あまり考えずに歩いていたから道を間違えたのかもしれない。公園に向かうはずが他所《よそ》の家に入ってしまったようだ。

時が止まっているかのように、あたりは奇妙に静まっていた。

庭にはマンゴーのような形の果実がたわわに実った樹木が何本か生えている。椿に似た白い花を咲かせた樹木もあった。枝の下には古風な石灯籠《いしどうろう》がある。

ぼくは家に目を戻した。

雰囲気からして廃屋ではなさそうだった。庭には雑草がほとんどないし、落ち葉も掃除されている。

文化財みたいな民家だが、奥まったところで樹木に囲まれているから、こんな家が自分の近所にあることに今まで気がつかなかったのだ。

引き返そうと思ったところで、家の中に気配があった。中から男の声が聞こえる。

「もし、お客さんですかね」

ぼくは少し慌てながら答えた。

「ああ、すみません、ちょっと公園への近道を間違えて、こちらにでてしまって」

障子がさっと開いた。

縁側に出てきた人物を見て、ぼくは顔をしかめた。仮面を被《かぶ》っていたからだ。

「翁《おきな》」の面だった。額に三本の皺《しわ》が刻まれ、困っているようにも笑っているようにも見える表情の面である。

「どうぞこちらへ。お待ちしておりました」

翁の面の男は枯れた細い声だが、はっきりといった。

「いや」

人違いです、といいかけたが、最後までいえなかった。金縛りにあったかのように声がでない。場の雰囲気に圧倒されてしまっていた。

翁の面の男が手招きをする。細い四肢や曲がった背中が老齢であることをうかがわせる。

「こちらにどうぞ。お話ししたいことがあるのですよ」

ぼくは躊躇《ためら》いがちに家に近付くと、翁の面の男に促されるままに縁側に座った。

翁の面の男は黙ってぼくを観察している。

面の下からため息混じりの声が漏れた。

「いい顔だ」

ぼくはいそいでいった。

「こんなところに、こんな……その、藁葺き屋根の家があるとは、意外でした。この近所に住んでいるのですが気がつかなかった。すみませんね、では」

腰を上げかけると、翁の面の男は手で制した。不思議な迫力があり、ぼくは座りなおす。

面には目の部分に二つ穴が開いているが、眼球は見えず闇になっている。

翁の面の男は話しはじめた。

「私はねえ、あなたが来るのを待っていたんですよ」

曖昧《あいまい》に微笑んで見せる。ここに一人で面をつけて住んでいるのだろうか。謎だ。

翁の面の男は細い手でぼくの手首を摑《つか》んだ。冷たい手だった。

意を決して立ち上がろうとしたが、足に力が入らなかった。男は面をつけた顔を近付けて、囁《ささや》くように繰り返す。

「私はずっとずっと長い間、ここにいたのですよ。待っていたのです」

ぼくは身を硬くして、はあ、と呟《つぶや》いた。細い指はぼくの手首をしっかりと握り締めている。

「私はもう寿命なのです。ですが、寿命を超えてここにいたのです」

お願いだから立ち去らないでほしい、そんな嘆願が、言葉に滲《にじ》んでいた。

「どうか、少し聞いてください」

うまく言葉を返せなかった。よしわかった、少しばかり孤独な老人の話を聞いてやろう、という同情と、得体の知れぬものに関わるな、という警戒が胸の内で闘っていた。

僅《わず》かな逡巡《しゅんじゅん》の後、心を決めた。

「いいですよ、話してください」

「私は五つの時から、二十年修行をし、二十五のときにここに入りました。それが私の使命であり、運命でした」

ここ、というのはこの家を指すのだろうか。翁の面の男の記憶は少し錯綜《さくそう》していて、どこか別の場所と思い違いをしているのかもしれない。確かに幽玄な佇《たたず》まいの古い家だが、ここは住宅街の中の一民家で、住むのに修行が必要とも思えない。そのように思ったのだが、口を挟まずに黙って頷《うなず》いた。

翁の面の男は必死の調子で続けた。

「ここは特殊な家なのです。数百年も前から秘密裏に、私の村で代々守ってきた神域と心得てください。私が六十になったら、村の子供たちから次期継承者が選ばれて役目を継ぐ。そして私は解放される、そのはずでした。それが私の代まで続いてきた古《いにしえ》からの習わしだったのです。私の村では、家を守る勤めを終えた老人が生き神様のように崇《あが》められていましたし、家守に選ばれることはある意味、とても名誉なことでした。

しかし、時代のせいか、あるいは何かの事故があったのか、約束の時が訪れても、私の次の若者は現れなかった。結果として私はとうに交代の時期を迎えてもここを離れることができずに、今に至るまでこの家を守り続けていたのです」

大変でしたね、とぼくは相槌《あいづち》を打った。

老人は依然としてぼくの手首を握り締めている。

「それが私の役目なのですから仕方がありません。だが、今にして、私はもっと早くここを出て行けばよかったとも思うのです。世界の影に佇む家などに縛られずに」

「なるほど」

「出て行くことはそれほど難しくはない。ここに来た誰かに家を受け渡せば、それでいい。正しい後継者が来ないのなら、誰でもいいから家を渡してしまえばよかった……この運命の身代わりをたてれば済む話なのです。

だが、私は自由が恐ろしかった。代々受け継がれてきた家を失い、何一つ持たぬまま外に出て、一個人として生きることは恐ろしかった。

もう今では、私の知り合いも、家のことを知るものも、ほとんど生きてはいないでしょう。私は時機を失ったのです」

「大変ですねえ」

ぼくはそういったあと、翁の面と、手首を握っている手を交互に見た。そろそろ離してくれよ、というゼスチャーだったが、面の男は構わずに続けた。

「ここにいれば、死ぬこともかないません。だが、少し前に夢を見ました。あなたがここに来る夢です。それ以来、私はずっと待っていました」

ぼくは、はあ、と気のない返事をした。

「ようやく私の魂は解放されます。恐れることはありません。あなたなら若いし、きっと僅かな間でここから出て行くことができるでしょう」

手首を握っている指がほどける。ぼくの身体に力が戻ってきた。

面の奥から掠《かす》れた声が聞こえた。

「本当に、ありがとうございました」

「はいはい。ではもう遅いですし、ぼくはそろそろ失礼して」

言いかけてぼくは口を噤《つぐ》んだ。

縁側に座る面の男の身体から、深く凝縮した闇が染み出している。錯覚かもしれない。だが目を凝らせば凝らすほど、インクが水に滲むように、眼前の男の身体は大気に薄く拡散していく。

面だけが中空に浮いている。

どのぐらい浮いていただろうか。

面は、カラン、と音を響かせ、縁側に落ちた。

面が落ちたあとも、しばし気配だけが残留していたが、やがてそれも薄まっていき最後には何も無い空間だけが残った。

ぼくはしばらく呆然《ぼうぜん》としていた。

「もしもし」小さな声で呼びかけてみる。「おじいちゃん」

返事はどこからも返ってこない。

消えてしまった。頭の中で繰り返す。消えてしまった、消えてしまった。

「おじいちゃん」

混乱しながらも、とりあえず思考の全てを保留にして、なんとか立ち上がると出口に向かった。

垣根の向こう側には樹木のトンネルが見える。

垣根から一歩を踏み出した。

火花が散ったわけでも、息ができなくなったわけでもない。身体の向きを返すと縁側に戻り、少し休んでから、再び出口に向かった。

一歩踏み出す。

身体の奥底から震えが生じた。

出られない。

不可視の圧力が確かに在る。全身の細胞が、「さがれさがれ」と危機を訴えている。

そんなのは錯覚だ。無防備な状態で変な話を聞いたせいで、暗示にかかっているのだ。

いつまでもこんなところにいるわけにはいかない。

精神を集中し、勇気を振り絞って、そろそろと足をおろした。

悪夢のような瞬間だった。踏み降ろした足先から、電流のようなものが瞬時に脳天まで走りぬけ、気がつけば地面に尻餅《しりもち》をついて倒れていた。

夜が明けるまでの間、ぼくは縁側と垣根の入り口を、うろうろと往復し続けた。

年甲斐《としがい》も無く、不条理な物事に対する怒りで涙が出てきた。

酔いは完全に醒《さ》めていた。

どこかで鳩が鳴きはじめ、春の夜が明けた。

周囲が明るくなると、恐怖は少しだけ和らいだ。気分も落ち着いてくる。再度、脱出を試してみるが、やはり出られない。

3

思い切って縁側から家に上がった。

一応、ごめんください、上がりますよと声をかけてから靴を脱ぐ。

床は板敷きで部屋は三部屋。奥の間には布団が畳まれている。

無人だった。

板の間に囲炉裏があり、使い古した鉄鍋《てつなべ》や、笊《ざる》や箒《ほうき》などの生活用具を発見した。

古ぼけたランプが天井の梁《はり》からぶら下がっている。と、いうことは、ここに電気は通ってきていないのだ。改めて見回すと、冷蔵庫などの電化製品は一つもないし、コンセントもない。

ガスコンロも、水道の蛇口もなかった。外に井戸があったから、翁《おきな》の面の男はその水を飲んでいたのだろう。あの存在が人間だったならば、だが。

家中を綿密に調べることにした。無駄な家財道具の少ない家だったが、あちこち引っくり返して、マッチやライター、お茶缶や、缶詰と、八合ほど残っている米の袋などを発見した。これだけでは長くはもたないが、少しだけ安心する。

簞笥《たんす》の中には古ぼけた着物が収納され、簞笥の上には本が積まれていた。現代作家のものが五冊、自殺した昭和の大家のものが一冊。宗教書のようなものが三冊。料理の本が二冊、歴史の本が四冊。いずれも古くページは黄ばんでいた。あまりぼくの興味をそそる本はない。筆で書いた手書きの書物のようなものもあるが、ぼくに読める筆跡ではなかった。

一番奥の部屋には、筆書きの日本地図に、無数の幾何学模様と、細かい数字の書かれた掛け軸がかかっている。

掛け軸の隣には、木彫りの菩薩《ぼさつ》像が置かれていた。

家の中をあらかた見終わると、屋外に出て家の周囲をぐるりとまわってみた。

裏手には薪《まき》が積み上げられ、その周辺には木彫りの像が山となって打ち捨てられていた。室内に飾られていたのと、同じような菩薩もあれば、熊や鹿など全く違う意匠のものもある。

敷地を囲う垣根の向こうは鬱蒼《うっそう》とした林だった。枝の隙間から公園の遊具が見えるが、垣根を乗り越えても、入り口と同じ力が働いていて、一歩より先は進めなかった。

家は何らかの力に囲まれ、自分は閉じ込められている。その事実を再度認識すると冷たい汗が全身に滲《にじ》んだ。今日は平日で会社に行かねばならないのに。

細長い小屋があった。扉を開いて、便所だと確認する。汲《く》み取り式だ。その隣には小さな蔵があった。扉には鍵《かぎ》がかかっていない。中には何も入っていなかった。

空の鳥小屋があり、盆栽を置くような棚もあった。

井戸の蓋《ふた》をとる。手を伸ばせば届く位置に冷たい水が張っていた。脇にたてかけてある柄杓《ひしやく》ですくい、おそるおそる水を飲んでみた。

美味《うま》い。

夢中になって飲む。喉《のど》が渇いていたから、というだけでなく、何か脳内に光をもたらすような神秘的な奥深さのある味わいだった。

もう一杯すくい、手につけて顔を洗う。

大声で助けを呼んでみるが、誰も来ない。

試行錯誤しているうちに日は落ち、樹木は暗い影になった。

その日の夜は果てしなく長かった。何しろ、テレビがあるわけでもなく、他のことをするにも明かりがないのだ(ランプはしばらくつけていたが、油が切れて消えた)。

缶詰を一つ開けたが足りるはずもなく、かといって貴重な食料を一息に消費するのにも躊躇《ため》いがあり、ひもじさに苦しめられた。

風が凪《な》げば胸苦しいほど静かになった。時折、何かが部屋や庭をよこぎるような気配を感じ、その度に身を縮める。

裏手の物置で見つけた鎌を片手に、縁側に出たり板の間に戻って座ってみたりを繰り返し、時を過ごした。

明け方、空が白んできてから、ようやく安心して眠りについた。

目を覚ましたのは正午少し過ぎで、平和な光が板の間に射し込んでいた。

縁側に出て伸びをすると、身体のあちこちの骨が鳴った。二日目になってしまった。

勇気を奮い起こし、しつこく脱出を試みるが、結果は昨日と同じだった。

事が起こったのは、米と缶詰のブランチをとった後だ。米は鍋《なべ》で炊いたが、水が多すぎたのかべとべとになってしまった。

縁側でぼんやりと先行きについて考えていると、風が止まった。

ふいにあたりが暗くなった。

最初は厚い雲が太陽を隠したのだと思った。

だが見上げる空は晴れている。

日蝕《にっしょく》でもないのに世界が闇に侵蝕されていく。太陽の光が薄まり、風景が色を失い黒ずんでいく。

やがて視界全てが暗黒になってしまった。一切の光はなく夜よりも暗い。

縁側に座ったままどうすることもできなかった。あまりにも唐突で強制的なフェイドアウトだった。家も庭も自分の指先も、全く見えない。音もしない。

ただでさえ弱っているところなのに、もうこれ以上勘弁しろよと思った。

全てが消滅したかのような虚《うつ》ろな暗黒だった。

座っているはずだが、座っているという感覚はない。縁側を確かめようと手探りをするが、手は何にも触れない。自分の身体にも触れない。そもそも腕を動かしている肉体感覚がなかった。自分が目を開いて暗黒を見ているのか、視力を失ってしまったのか、それもわからなかった。脳みそだけ真っ暗な海に沈められてしまったら、きっとこんな気持ちだろう。我ここに在りと認められるものが、思考しか残っていない状態。

どのぐらいの時を経ただろう。

しばらくすると、端のほうから光が訪れた。いったん消えた世界が、凄《すさ》まじい勢いで再構築されていく。あちこちに光の帯が射し、暗黒が、明るい色彩の粒子に塗られていく。

最初にしたのは、自分が存在していることの確認だった。

ゆっくりと息を吸い込み、吐き出す。己の身体を撫《な》で回す。

ぼくは変わらず縁側に座っていた。

だが、家を取り囲む景色の方は一変していた。

まず敷地を囲む樹木は白樺《しらかば》に変わり、枝の隙間からは広々とした丘と、河岸に柳の並木のある小川が見える。

見知らぬ土地だ。

敷地に吹き込む風は、どこか遠くに牧場でもあるのか、微《かす》かに家畜臭が混じったものになった。気温も下がっている。

さっそく脱出を試みたが、景色が変わっても結果は同じだった。


これが初めて体験した家の移動だった。

家が丘を見渡す白樺の林の中に位置したのは二日間だけで、二日後の朝にはまた周囲が暗くなり、潮騒《しおさい》の聞こえる藪《やぶ》の中の土地にと移動した。

その後も昼夜問わず、数日おきに暗闇の時は訪れた。一定期間ごとに闇が訪れ、それが晴れると風景が変わる。砂漠をさまよう湖のように、この家は一つの場所に留《とど》まらない。

漂流しているようにも感じるが、家の移動には規則性がある可能性が高い。六月十日は埼玉県のここ、六月十五日は青森県のここ、というように、この家には日付ごとに定められた出現位置があるのだ。

翁の面の男はいったではないか。家守は、六十になると次の人間と交代する決まりだったと。

一定周期で家が同じ場所に戻ってくるからこそ、家守の交代は可能なはずだ。

そう思ったとき、壁にかかった日本地図の掛け軸が、全国の家の出現予定地を記したものだとわかった。

日本中に無数の点があり、そこに線が引かれている。線は家が辿《たど》る道筋。数字はそこに出現する日付なのだ。

4

家から出られぬなら生活するしかなかった。

まず庭木の果実をもいで、食べられるものか試してみた。マンゴーに少し似た形の、薄いピンク色をした果実だ。

翁《おきな》の面の男がここで暮らしていた頃に、これを主食にしていた可能性は高い。米や缶詰が定期的に買えるはずはないのだ。

皮を剝《む》いてかじってみると、ジャガイモとカボチャの中間の味わいがする。悪くない味だ。マンゴー芋と名付ける。種が入っていないのが不思議だった。

汲み取り式のトイレで用を足したときに、音が返ってこないことが気になった。小石をいくつか放り込んでみるが、やはり何の音もしない。耳を澄ますと遥《はる》か下のほうで、風の吹く音と、妙なざわめきが微かに聞こえた。大勢が喋《しゃべ》っているようにも聞こえる。不気味な便所だ。地獄にでも通じているのだろう。

どのようにしたら外に出られるのかは、あの夜の翁の面の男の言葉が全て真実なのだとすれば、もうわかっていた。

身代わりをたてるのだ。

家守は家から離れられない。だが、家守の役割を交代する人が訪れれば解放される。おそらく、敷地内に二人いるのなら、一人は出て行くことができるのだろう。

では、脱出するにはどうするか。

誰かがここに来るのを蜘蛛《くも》のように辛抱強く待つのだ。

誰かが迷い込んできたら、とりあえず会話を要求し、敷地に誘い込み、縁側に引き留めて自分だけ外に出る。

たぶん、それでうまくいくはずだ。

ぼくとしてはその考えに希望をもつしかなかった。

一週間もすると、きつめだったジーンズのウエストが緩くなり、ベルトなしではずり落ちるようになった。血の巡りがだいぶよくなり、漠然と身体の節々に感じていた痛みやだるさが消失した。嗅覚《きゅうかく》が鋭くなり、風に混じる微かな匂いがわかるようになる。

太陽が昇り、やがて沈む。雲が形を変えながら空を流れていき、時折雨を降らす。

ぼくは庭を掃除し、板の間や大黒柱を雑巾《ぞうきん》で磨く。井戸水を飲み、仙人の果実を食べる。

ぼくはこの家の在りし日を想像する。

どこかの山奥の村に、村人だけが知る特別に祀《まつ》られた場所があり、一年に一度のある特別な日付に、この家が出現する。その日は、村をあげての祭りが行われていたにちがいない。

家が出現すると、前回そこに入ったものがしばらくぶりの帰還を果たし、家族や仲間たちと杯を交わす。

そして、次の周回へと旅立つ。

任期が終われば、別の若い村人に家守の役割は受け継がれる。

神域から村に戻ってきたものには、尊敬と、余生を楽に暮らす権利が与えられる。

そうしたことが大昔から続いている。

情報の少ない時代には、この家で全国を旅してきたものが村に伝える他所《よそ》の国の見聞は、貴重なものだったろう。

家守となったものは各地では訪問神として崇《あが》められ、様々な供物をもらっていたのかもしれない。裏の蔵はその名残ではないか。一周して戻ってくれば、蔵のものは村人に分配される。村は富む。時には遠い土地からこの家に乗って運ばれ、村で歓待され、しばらく過ごした後に、また家に乗って故郷に戻った旅人もいるかもしれない。その逆もありえる。

出現位置と日付が決まっているのだから、鉄道と同じだ。乗り物として使うこともできよう。列島の山奥を駅とする、一年に一本というダイヤの樹海の秘密列車。

きっと悲喜こもごもの、たくさんの物語があっただろう。

だが、そんな時代があったとして、それはもうだいぶ前に終わり、秘事は忘れ去られたのだ。ただ特殊な性質を帯びた家と、時代から取り残された最後の男だけが残った。男を受け入れる器であった村は消失し、最後の男はあまりにも長くこの家にいたために、やがては肉体をも失ったのだ。

そんなとき運悪く自分がここに足を踏み入れてしまった。

そういうことなのだろう。

5

近くまで人がやって来たのは家に閉じ込められてから十日目の早朝だった。

そのとき家は白菜畑を望む雑木林の暗がりの中に位置していた。

この家で生活すると朝がだいぶ早くなる。その日もぼくは、夜明けと共に目を覚ましていた。

井戸水で顔を洗い、箒《ほうき》で掃除をしてから、マンゴー芋を食べた。缶詰は使い果たし、米もほとんど残っていない。

縁側でぼんやりしていると、がさがさと落ち葉を踏む音が響いた。中年の痩《や》せた女がやってくる。ティーシャツの上に黒いカーディガンを羽織っていて、髪は少し乱れている。部屋着で朝の散歩に出てきたようにみえる。ぼくは身を硬くした。

十日ぶりの人間に胸が震えた。

女は家を見ても特に驚く様子はなく、まっすぐにこちらに向かってくる。

漠然とした雰囲気だけの判断だが、おそらく女は主婦ではないかと思う。そう思うと、少し気持ちが萎《な》えた。

事情を話したところで、自分の身代わりになってくれるとも思えない。騙《だま》して置いていくしかないが……例えば、主婦の家に乳児がいたとしたらどうなる？

ぼくはそう思いながらも縁側から立ち上がり、挨拶《あいさつ》をした。

「おはようございます」

女は反応しない。見れば、片手に段ボール箱を抱えている。女は無言のまま敷地の入り口の前まで来ると、段ボール箱を地面に下ろした。

ぼくは入り口の境界まで歩いた。

「おはようございます」

再度声をかけてみるが、女はぼくのほうに顔を向けずにかがみこむと、段ボールを開いた。

入っているのは仔猫《こねこ》だった。白と茶の二匹で、不思議そうに女を見上げている。

「達者でね」女は呟《つぶや》いた。「がんばって生きるのよ」

「こらっ」ぼくは思わず叫んだ。「こんなところに捨てるでない！」

女は、はっとして周囲を見回す。だがその視線がぼくを捉《とら》えることはなかった。見えていないのだ。女の表情は見る間に強張《こわば》り、立ち上がるとくるりと背を向けた。

行かないで。思わず片手を中空にさしだしたが、女が躓《つまず》きながら走り去るのを見ていることしかできなかった。

縁側に戻ってため息をついた。

しばらくすると、仔猫の一匹がのろのろと敷地に入ってきた。ぼくは食べかけのマンゴー芋を投げてみた。与えられる食べ物はそれしかない。

マンゴー芋は猫の手前の地面に落ちたが、猫はマンゴー芋の匂いを嗅《か》ぐこともなく周囲を見回すと、のろのろと引き返していった。

もしも、誰もがあの女のようにこちらの領域が見えないのだとしたら、話は相当にやっかいだな、と思う。

午後には生暖かい風が吹き、にわか雨が降った。心配になって段ボール箱を見に行ったが空だった。

雨が止むと周囲が暗黒になった。

6

それからしばらくは土砂降りの雨が続いた。どこに移動しても天気が悪い。家の出現先が運悪く雨雲の下なのか、列島全体が雨雲に覆われているのかわからない。

板の間で本を読んだ。

急いで読めばこの先の娯楽がなくなってしまう。時間をかけてじっくりと読んだ。

　サングラスの男がやってきたのは、五月の半ばごろだった。

　ぼくはその日の午前中に、着続けていたジーンズと、下着を桶《おけ》で洗濯した。石鹸《せっけん》も洗剤もないから水洗いだ。水は真っ黒になった。

　洗濯物を裏手の木の枝にひっかけて干すと、箪笥《たんす》の中にしまってあった着物を身につけた。

　初夏の陽光が草木を輝かせ、あたりそこら中が、光を反射させてきらきらと光る。地面からむせるほどの湿気が昇ってきていた。

　板の間でぼんやりしていると、「おうい」と呼ぶ声が庭の方から聞こえた。

　庭に出ると、木漏れ日の道を背景にして、境界付近に男が立っていた。年齢はおそらくは五十歳以上。白いズボンにポロシャツ、マッカーサーがつけていたようなレンズの大きいサングラスをかけている。

　焦るなよ。ごく普通に、陽気にいこうと自分に言い聞かせる。

「こんにちは」

　サングラスの男は、ぼくを上から下まで眺め回すと、ありゃあ、と声をだした。

　彼には見えている。ぼくは興奮した。やはり見えるものもいるのだ。

　サングラスの男からは、どことなく堅気の人間の雰囲気はしない。バイタリティーもありそうだ。この男なら適材。

「いい日和ですねえ。どうです。ちょっとこちらで、お茶でもいかがですか？」

「いやいや」サングラスは顔の前で手を振った。「あれまあ、人代わったの？　自分の代で終わりだっていってたのに」

ぼくは、はっとして作り笑いを凍らせた。

「あの、あなたは」

サングラスは、大丈夫大丈夫、俺わかっているからさ、と手のひらを向けた。

「いやね、自分はあなたの前にここにいた人の知り合いでね。一年にいっぺん、この日は、ここに来て差し入れとかしてたんだわ。ちょっと最近は忙しくて、何年か来ることできなかったけどさ、久しぶりに来て驚かそうと思ったら……あれえ、だよ」

「知り合い」

そうそう、と男は顔面に飛び込んできた虻《あぶ》を片手で追い払うと、ポロシャツの胸ポケットから煙草をとりだし、火をつけた。

ぼくは咳払《せきばら》いをした。

「あの、これは、どういうことなんですかね。ぼくは何も知らないでここにいるんですが。教えてもらえます？」

サングラスは顔をしかめた。

「困るねえ。神様がそれじゃ。まあ、いいけどさ。いやなに、こっちも知りたいね。センジさんは？　ようやく引退かい？　あんたはここに、いつから入っているのよ？」

センジさんとは、月夜の晩に翁《おきな》の面をしていた男の名前にちがいなかった。ぼくは翁の面の男がおそらくは死んでしまったことを話した。自分はこの家とは何のゆかりもない人間であり、一ヶ月ほど前に散歩の途中、偶然にここに入ったために、強引に家を受け渡されてしまったことも語った。

「そうかあ」サングラスの男は肩を落として、ため息をついた。少し間を置いてから、男の頬を涙がつたった。

「センジさん、逝《い》っちまったのか。寂しいなあ」

「どういう関係なんです？」

サングラスはハンカチを取り出すと涙を拭《ぬぐ》った。

「五十年も前だよ。ここは俺の家のまあ、実家の裏山でさ。子供の時にセンジさんに会ったんだな。当時のセンジさんは四十を超えていたけど、井戸水や、庭の果実に不老の効果があるのか、外見は二十代に見えた。おもしろい人だったよ。いろいろ持っていってあげたら、ずいぶん喜んでさ。不思議な家で旅をしているオニーサンって感じだった。俺はそのときからのセンジさんの友達さ」

「あの人、お面はどうして？」

「ああ、お面してたの？　そういう決まりなんだよ。この家に住むのは、神様だからさ。

役割上、人と接する時には面をつけなくてはいけないし、それ以外にも、代々伝わるすごくたくさんの決まりがあったはずだよ。でもセンジさんは、俺と話す時は面なんかつけなかったけどね。ここには五月十五日から十八日までの四日間、家は現れるんだよ。俺はいつもその時だけは、泊まりがけで遊びにきたもんさ」

「ぼくも面をつけていたほうがいいんですかね？」

サングラスは首を横に振った。

「センジさんに決まりのことはいわれなかったんだろ？」

ぼくは頷《うなず》いた。何一つ。

「そりゃあいいや」男は笑った。「じゃあ、自由にやったらいいんじゃないかな。センジさんだって、あんまり頑固に決まりを守っていたわけじゃないしな。俺が泊まるのだって、本当はいけないことだったろうしさ」

ぼくはサングラスに、立ち話もなんだから縁側で休まないかと声をかけたが、サングラスは首を横に振って、冗談ぽく笑った。

「勘弁してよ。センジさんならともかく、あんたじゃ恐くて入れないよ」

「それはつまり……ええと、やはり誰か他の人が入ってくれれば、その間にぼくはここから抜けられるのですね」

「そういうことだね」サングラスは、俺のほうが詳しいや、と笑った。

「代わりにその人が縛られる」

「恐いねえ」

「センジさんの故郷の村は、もう存在していないんですか？」

サングラスはううん、と唸《うな》った。

「それは謎だな。センジさんは自分の村のことは決して語らなかった。決まりの中でも、それが一番重要な決まりだったんじゃないかな。でも跡継ぎが来ないということは、たぶんもうないんだろうな」

ぼくは肩を落とした。

「かなり不思議に思っているんですけど、どうしてぼくがこの家を継ぐことになったんでしょうか？」

サングラスは煙を吐いた。

「そんなことはわからないよ。センジさんもよくいっていた。どうして俺がこの役目をすることになったんだろうって。たまたまそのとき、あなたがその場所にいた、そういうことだろうな。事故や恋愛と一緒さ」

サングラスはいったん引き返すと、夕方前にリヤカーを引いて戻ってきた。

「はあい、また来たよ」

リヤカーには布団や米をはじめとする食料や日用品が大量に積まれている。きっとセンジさんに差し入れるために準備していたのだろう。家に残っていた米や缶詰も、この男の差し入れだったのかもしれない。

「ありがとうございます。あの、お金は？」

「いらない、いらない」サングラスはしかめっ面を見せた。

「まあ、あんたも大変だろうけどさ、センジさんと違って、そこにいることに使命感なんかがあるわけないだろうし、とっとと誰かに渡して出ちまうといいよ。俺が代わってやればいいんだろうけどさ、差し入れぐらいしかできないや。ごめんな」

サングラスは、境界のぎりぎりのところからは決して敷地に足を踏み入れようとはしなかった。

サングラスが帰った後に、運び込んだ荷物を板の間で整理してみると、一気に生活が充実したように思える。米は五十キロ、缶詰は様々な種類のものが七十個。塩に、醤油《しょうゆ》、日本酒、スパゲッティー、お茶にコーヒー。インスタント食品。生ものだから早く食べてという桜餅《さくらもち》。ライター十五個。

眩暈《めまい》がするほど嬉《うれ》しい。

そして真新しい布団。

病気にさえならなければ、当分の間はなんとか大丈夫だ。

7

サングラスが来た翌日、ぼくは土間の隅にあった大工道具を引っ張り出した。裏に積み上げられている薪《まき》と廃材を使って看板を作ってみる。板に小枝を打ちつけて文字にする。

カフェ・ワラブキ
定休日なし　OPEN

入り口の垣根のところに、看板を紐《ひも》で縛りつけた。店名はもちろん、藁葺《わらぶ》き屋根であるところからとった。

誰かが来ても、ただ家があるだけでは入ってこない。店にしてしまう。これならずっと入りやすい。

時間はいくらでもあった。家の裏手にあった薪や、切り株、廃材を組み立てて、何日かの間に椅子とテーブルを作製した。

壺《つぼ》を並べて、垣根から手を伸ばして摘み取った紫陽花《あじさい》その他の花をとりあえず活《い》けてみる。

最初の客は猟師だった。

七月初旬の昼近くで、うるさいぐらいに蟬が鳴いていた。ぼくが気配を感じて縁側に出ると、鉄砲をかついで緑色のベストをつけた男が庭で目を瞬《しばたた》いていた。

「いらっしゃいませ」

「あれえ、ありゃあ？」猟師は素《す》っ頓狂《とんきょう》な声をだした。「あれえ、お兄さん、おかしいな」

最後の、おかしいな、は消え入りそうに小さい。

ぼくは営業スマイルを浮かべていった。

「ランチメニューは森の果物と、さんぴん茶しかないのですが、よろしいでしょうか？」

森の果物とはマンゴー芋のことだ。

さんぴん茶は、サングラスの男がどこかのスーパーで買ってきた六十パック入りのジャスミン茶の名前だった。

猟師は訝《いぶか》しげに周囲を見回しながら、切り株に板を渡した椅子に座った。

「俺、猪を追っていたんだけどな」

井戸水を沸かしたお茶をだした。猟師はお茶を飲むと、こりゃあうまいな、と呟《つぶや》く。

「うますぎる。なんか、こう身体がすっと軽くなるような不思議な茶だよ」

「水が特別だからでしょう。ところで失礼ですが、お子さんなどはいらっしゃいますか」

猟師は戸惑いながら答えた。

「ああ？　お子さん？　いやね、孫娘がいるよ。東京で暮らしているけどね、これに会うのが、また楽しみなんだあ」

「なるほど。では今、自由の身ですね」

猟師は何かを確かめるようにぼくを凝視した。

ぼくは咳払《せきばら》いをした。

猟師は、こわいこわい、と呟きながら席を立った。

「いや、俺、十年以上この山に入っているけど、こんなところに店があるわきゃないよな。こわいこわい」

顔をぼくの方に向けながらじりじりと後退する。入り口のところまで戻ると、猟師は口を開いた。

「猪、来なかったね？」

「こっちには来ていないですね」

猟師は背を向け、走り去った。

また別の場所で、真夏の午前中に三人の初老の女が敷地に入ってきた。

垣根の周囲をピンク色の花をいっぱいに垂らした樹木が囲んでいた。

白いものの交じった髪を後ろで束ねた女が、ぼくを見ると隣の女に囁《ささや》いた。

「センジさんじゃないよ」

「あれまあ」

「センジさんはどうしたんだろ」

「いなくなったんかな」

三人は首をかしげながら、ぼくの作った椅子に座った。

「前の方のお知り合いですか」

ぼくが声をかけると、三人はお互いに顔を見合わせ、厳しい顔つきで黙った。

少しの沈黙のあと、女の一人が口を開いた。

「あんた、若いねえ。センジさんはどうしたのかねえ」

この家の前の持ち主は消えてしまったことと、自分が家を受け渡されて困っていることを話す。

「消えたってよ。やっぱり神様だったさ」

「神様なもんか。人間だよ。あんた男前はみんな神様かい」

「このお兄ちゃんに、跡を継がせて帰ったんだよ」

「ほれ、よく見たら、若い頃のセンジさんに似ているよお」

ぼくはやや圧倒されながら、センジさんとはどういう関係ですか、ときいた。女の一人が急にたおやかな口調で話し出す。

「私が十五のときに、ここでセンジさんにお会いしましてね。あの方もまだ若くて、一時期は、まあレンアイということになったんですよ。お会いできるのは八月二日から四日。一年に一度でしたけどね」

すかさず残りの二人から抗議が入る。

「よくいうわい、ボケ婆《ばば》あ」

「昔はどうだか、今は茶のみ友達よ」

「一年に一度のナ」

「いい人だったよ」

「戦時中で、こっちが困っている時は、蔵からいくらでも米をくれたしな。愚痴やらなんやらも、いやな顔ひとつしないで聞いてくれて」

「酒もよく一緒に飲んでくれたもんよ」

「なかなかできることじゃねえよなあ」

「きれいだろ、ホラ、垣根のところ百日紅《さるすべり》がいっぱいに花を咲かせて。あれ、あたしらが植えたんだよ」

「四十年前にナ」

ぼくは三人にお茶をだした。改めて垣根の周囲のピンク色の花を咲かせた樹木、百日紅を眺める。どこかで雲雀《ひばり》が鳴いていた。

三人はひとしきり、思い出話をした。三人は戦前の女学校の同級生だということで驚く。センジさんに会いに来ることは、遠い昔、彼女たちの青春時代から続いている胸ときめく秘密だったのだろう。ぼくは自分がセンジさんでないことが少し辛《つら》かった。

女たちに頼まれて庭木のマンゴー芋をもいでだした。

女の一人が歌うようにいう。

「わしらがあ、なんでえ、若いかはあ、ヒミツ、ヒミツ、ヒ、ミ、ツよお」

「これこれ、ここの水と果物よ。毎年ここに来て、これを食べるから若いわけ」

「おいくつなんですか？」

「訊《き》くんじゃないよ。驚くよう」

「地元じゃ、あたしら不老の魔女三人衆よ」

やがて三人は立ち上がった。

「あんたも、頑張りナ」

「頑張れって、ユキさん、この人は、ただ閉じ込められてしまっただけよ」

ぼくはつい頼んでみる。

「誰かこの中で、ぼくの代わりをやってくれる人はいませんかね。まあ、センジさんの代わり、ということでもありますが」

「あたしらにゃあ、無理、無理。もっと若くて、前向きな子じゃないと、ねえ」

三人の女は笑って出て行った。


その後も家はあちこちの道に接続した。看板を出す、というアイディアは正解で、何人かの客も来た。

本来の目的は、店をやることではなく、自分の身代わりをここに誘い込み外に出ることにある。だが、この単純なことがぼくにはできなかった。

客が来るまでは、次の客でここから出よう、と思うのだが、実際に客が来ていくらか話をすると、急速に気持ちが萎《な》えていくのだ。

彼らには間違いなく生活がある。身代わりにすれば、それが彼らの先の人生を大きく左右しかねないのだ。勤め人なら解雇されるし、学生なら留年する。

いや、本当は少しばかりここでの暮らしが気に入ってきているのかもしれない。食料はサングラスの差し入れと、仙人の果実でとりあえずは足りているし、水はどこよりも美味《うま》い。家賃も水道光熱費もかからない。

社会的にみれば、ぼくの暮らしは問題あるのかもしれないが、ここは社会の外にある別の世界なのだ。

客は現れ、去っていく。

8

外で甲高い子供の声が聞こえた。

ふざけ混じりに怒鳴っている、そんな感じだ。

境界のところまで見に行くと、制服を着た学生が三人いた。学校帰りの中学生のようだ。小太りの少年が地面に蹲《うずくま》っている。彼は残りの二人に悪態をつかれながら蹴《け》られていた。

ぼくは黙って入り口のところで様子を観察した。小太りの少年は、眼鏡を割られて、足蹴りをなんとか腕で防いでいる。

蹴っている二人はどちらかといえば地味な部類の少年たちだった。一人はにきびがいっぱいの丸刈りで、もう一人は背の高い真面目そうなスポーツ刈りだ。

彼らはぼくに気がつく様子はなかった。家が見えない部類の人間なのだろう。

ぼくは地面に落ちていた団栗《どんぐり》をかがみこんで拾い、丸刈りの顔に投げつけてみた。いてっと、坊主頭は顔を歪《ゆが》め、不安そうに周囲を見回した。背の高いほうの顔にもぶつけてみる。

二人は黙り込んであたりの気配を窺《うかが》いはじめた。ぼくはその顔に再び、団栗をぶつけた。

二人が走り去る背中を満足して眺めながら、縁側に戻った。

「あのお」

小太りの少年が敷地に入ってきた。彼には家が見えるらしい。

髪はくしゃくしゃにされ、制服には足跡がつき、割れた眼鏡を片手にもっている。漫画にでもでてきそうな、いじめられっ子だ。

「ありがとうございました。ここ、お店なんですか？」

「まあね」曖昧《あいまい》に返事をした。

「最近できたんですか？　チーズケーキありますか？」

小太りの少年は席についている。助けてくれたお礼に、何か食べていってあげようというつもりなのだろう。

仕方なくお茶をだした。

「お茶しかないんだ」

「へえ、変な店」小太りの少年は、くすくすと笑った。「こんなことというのもなんだけれど、ここ、ぼくが経営したらもっとうまくいくはずですよ」

「そうかい」

小太りの少年は眼鏡を置くと、興奮気味に続けた。

「テーブルはひどいつくりだし、チーズケーキもないし。なんでこんなところでこんな事やっているんですか？　大人の人にぼくがいうのもなんだけど、全然なっちゃいないですよ。ぼくの知り合いに、こういう店作りのプランナーをしている人がいるんですけど、ちょっとぼくから紹介してあげましょうか？　彼だったらいろいろアドバイスできると思うし、なんだったら、おじさんをぼくの知り合いのところで雇ってあげることもできますよ。まあ、最初は見習いからですが、誰もが通る道ですし」

ぼくはうんうんと頷《うなず》いた。ずいぶんといやらしい性格の子供だな、と思いながら。

「それより、さっきはいじめられていたんじゃない？」

「いや、まあ、あれは、ふざけていただけですよ。ちょっと足りない子たちでね」

「原因は？」

「社会に出たら、ぼくのパパは社長だから、うちの会社で、おまえたちを使ってやるよっていったら、怒っちゃってね。まあなんだかねえ、親切でいってやっているのに、心が貧しいのかなあ。かわいそうな奴らです。まあ、十年後には、あいつらはぼくの下で使われているんだろうけど。あんな足りないのが、社会でやっていけるのか実に心配」

小太りの少年は元気を取り戻したらしく、目には妙な輝きが宿っていた。少年の語る社会には、自分の知り合いと父親が経営している会社しか存在しないような口ぶりだったが、中学生の妄想に反論するのも不粋なので、ぼくは何もいわなかった。

ひとしきり話すと少年は立ち上がり、いくらです、と訊いた。ただでいいよ、と手を振ると、彼はむっとして、五百円玉をテーブルに載せて帰っていった。

9

ぼくが家を手放したのは、九月の初めだった。

海の近くだった。風の吹くよく晴れた午後、灰色のジャンパーを着た男がやってきた。

髪は少し薄く、日焼けした健康そうな顔に銀縁の眼鏡をかけていた。農作業でもしたのかズボンの裾《すそ》とシューズが泥に汚れている。

椅子に座ると、彼は口を開き片手をあげた。

「いい天気ですね！」

ぼくは頷いて彼の側に寄った。

「いらっしゃいませ。ごきげんですね」

彼は陽気に微笑んだ。

「一仕事終わったところなんですよ。いい風が吹いていますね。人生がどんどん素晴らしくなっていく予感がしているところです。コーヒーおねがいします」

お茶しかないんです、といって、ぼくは湯飲みに茶をいれてだした。コーヒーはないこともないがぼくが夜に飲むのだ。

「こりゃあうまい」

「ありがとうございます。ちょっと変な話なんですが、無人島に漂着しても、人生は素晴らしいでしょうか？」

「当然ですよ。素晴らしいのが人生なんですから。生きている限り、どのような境遇にあろうと、ただそれだけで、素晴らしいものです。必ず意味があります……それはともかく無人島なんて素晴らしいじゃないですか！　無人島でしかできないことだってたくさんありますから」

ぼくは男の愚直な主張に感動してしまった。今時、こんなことをはっきりいえる人は少ないのではないか。

男は、ぼくの熱を帯びた眼差《まなざ》しから照れくさそうに目をそらすと呟《つぶや》いた。

「そのときには理解できなくてもね。後になったらわかることもありますから。人生の問題は、問題だと決め付けなければ問題などではないのですから」

ぼくの胸にすっと光が差した。

「あなたは立派な方だと思います。失礼ですが、自宅に小さなお子さんがいたりしませんよね？」

「いないですね」

ぼくは出口を見定めた。その日が来たのだ。今を逃せば、次は何ヶ月後か。あるいは何年後か。

「今まで来たお客さんの中で、一番ですよ。だから……」うまく説明できない。思わず早口になる。「悪気はないんで、すみませんね。ババ抜きなんですよ、これ。永遠ではないですから。慣れれば悪くないし、身代わりをたてれば、出られますから」

男には何のことかわからなかっただろうが、いずれこれが重要なヒントになるだろう。

ぼくは日焼けした銀縁眼鏡の男をテーブルに残して、そのまま外に向けて走った。

いつかは出なくてはならないのだ。それが今だと感じたとき、自然に足は動いていた。家の呪縛は男に転移したのだろう。一切の抵抗を感じずに、風を切って境界を走り抜けることができた。

外に出て樹木のトンネルを抜けると、水平線を見渡せる高台で、ハマギクが群生していた。眼下に線路が見える。

夢中になって走り続ける。とにかく家と距離を置きたかった。

やがて疲れて走るのを止めた。

全身に汗をかいていた。動悸《どうき》は激しく、膝《ひざ》に手をやって地面を見ながら荒い息をついた。

そのようにして、ぼくは脱出したのだ。

福島県だった。ぼくは電車に乗り、久しぶりに我が家に戻った。

爽《さわ》やかな銀縁眼鏡の男に申し訳ない、という気持ちは当然ある。ぼくのしたことが彼の人生にどんな影響を与えたかと考えると、気が重くなる。

だが、ぼくは家を手放したかった。小太りの学生と話したときにおぼえたいい知れぬ屈辱感は、時間と共にぼくの中で膨らんでいたし、センジさんになれない以上は、誰かで覚悟を決めなければ、一生ここにいるしかないと気がついたのだ。

前向きで楽観的な雰囲気のあの男ならうまくやっていけるだろうと思ったし、それ以上に彼は、サングラスの男のいうところの——そのときその場所にいた人間——だったのだ。

家は歪《いびつ》ながらもカフェの様相に仕立てていたから、しばらくは誰かが入って来るだろうし、布団だってさほど汚れていない。サングラスが差し入れてくれた食料も残っている。マンゴー芋だってある。彼が餓死するまでに脱出することは困難ではないはずだ。

ぼくはそのように考え、罪悪感をまぎらわせた。

会社に電話したが、ぼくの座る席はもうないと告げられた。無断欠勤が三日続いた時点で、求人誌に募集をかけ、翌週には代わりの人間を雇ったのだ。これは予測していたので、それほどショックではなかった。

つきあっていた恋人は半年のうちに別の男を見つけていた。これもまた責めることではない。静かに受け入れた。

ぼくの自宅は親から譲り受けた一戸建てで、ローンは残っていない。これが救いといえば救いだった。

半年ぶりの下界は猥雑《わいざつ》で、しばらくは遠くに聞こえる車の排気音や、冷蔵庫の低い振動音がうるさくて、眠れない夜が続いた。水の不味《まず》さは格別だったし、社会が無意味に自分をせかしているように感じた。翁《おきな》の面のセンジさんが、外に出ることを恐れたというのもよくわかる。彼はあそこで仙人として生涯を終えて正解だったのだ。

またそれとは別に、帰還した者ならではの楽しみも数多くあった。馴染《なじ》みのラーメン屋に行ったり、宅配ピザに狂喜したり、本屋に行ったり映画を観たりということだ。

十月に入るとぼくは落ち着いてきた。最初の違和感はあらかた消え去り、かつて過ごしていた日常がゆっくりと戻ってきていた。外の通りを酔っ払いが歌いながら歩いていても、気にせずに眠れるようになった。まだ就職活動をしようという気にはならなかった。

〈もしも庭にマンゴー芋がなる樹が生えていたなら〉そんな妄想がしつこく浮かんだ。

ある夜、サラダを食べながら、テレビを見ていた。七時のニュースだ。

岩手県で、学校帰りの女子高生、野方《のがた》沙友里《さゆり》さん（十六歳）が謎の失踪《しっそう》。

ぼくはその事件をノートに書きとった。

日付を確認すると十月三日だった。家を出てから一ヶ月弱。

ぼくのあまり確かでない記憶では、この時期の迷い家の出現位置は、ちょうど岩手県あたりだった。もっとも家の出現予定先は日本中に百以上もあり、全てを把握し記憶しているわけではない。

誰かが岩手県で失踪したからといって、例の家が関わっているとは限らない。全く別の理由で失踪した可能性もある。ただ確証はないままに、もしかしたらあの男の人はこの女子高生に家を譲ったのかもしれないな、と思った。

ぼくはそれから頻繁にニュースを見るようになった。ニュースは毎日、事件を報道し続けている。惨《むご》たらしい事件も、不可思議な事件も起こる。

十一月四日。茨城県。住宅地に近い林の中で、小学六年生の男の子がお面を被《かぶ》った男性に刃物で脅され、右腕を切りつけられる。犯人はまだ捕まっていない。お面は翁の面だという。

十一月十五日。滋賀県の山中で、岩手県で行方不明になっていた高校生、野方沙友里さんが、遺体で発見。暴行の跡あり。

ぼくはほとんど驚愕《きょうがく》の思いで二つの事件をノートに書きとった。

林の中で翁の面の男。

現在の家の持ち主にちがいなかった。

家は岩手県で野方沙友里なる少女の手に渡ったと思っていたが、そうではなかったのだ。家の持ち主は男で、野方沙友里は死体になって滋賀県の山中に放り出された。

結びつけて考えれば、単純なこと。

現在の家の持ち主は、家から出るつもりなど毛頭無く、迷い込んできた女子高生を殺害し、移動してから外に捨てたのだ。

十二月に入り、イルミネーションに飾られた町を凍《い》てついた風が吹き抜けていく。そんな冬の夕方、極めて決定的な事件が報道された。

福島県で、犬の散歩中だった男性が森で女性の遺体を発見。遺体は韮崎峰子《にらざきみねこ》さん（三十七歳）と判明。夫の韮崎進さん（三十四歳）が、三ヶ月前から失踪していることから何らかの事件に巻き込まれたものとして捜索中。

テレビ画面に映し出された韮崎進の顔写真は、ぼくが家を受け渡した陽気な銀縁眼鏡の男のものに間違いなかった。地元の高校の英語教師だという。

画面に映るレポーターが立っているのは寒々とした海の見える丘で、見覚えがあった。九月にハマギクが群生していたところだった。

なおりかけた不眠症が、再びぶりかえしてくる。

韮崎進のズボンの裾《すそ》とシューズは泥に汚れていたことを思い出す（一仕事終わったところでね）。あのときの彼の吹っ切れたような表情。あの日だ。あの日奴は自分の妻を森に埋め、爽快《そうかい》な気分でコーヒーを飲みにきたのだ。

（無人島なんて素晴らしいじゃないか。無人島でしかできないことだってたくさんある）

自分に責任があるという思いが、頭にこびりついて離れない。凶器が通過しただけともいえなくはないが、自責の念は理屈ではなかった。関わりがないと切り捨てて、映画を観て、本を読んで、昼寝ができるほどぼくの心は丈夫ではない。

ぼくが家の出現位置を曖昧《あいまい》ながらも記憶していたのは、十月の野方沙友里の頃までで、もう家がどこに現れているのかわからなかった。つまりなす術《すべ》はない。

ただ来年になれば話は別だ。日付と出現位置をはっきりと知っているところが二つある。四月の公園に向かうあの小路《こみち》と、九月の福島県の海沿いの林だ。

十二月七日、浅野美恵《みえ》さん（二十三歳）が、山梨県で訪問販売のアルバイト中に、街中で失踪。同日午後五時半に、「古い民家にいる」というメールを友人男性の携帯に送ったのを最後に、連絡は途絶える。

ぼくはうんざりしながらそれをメモにとると、頭を抱えた。

10

四月になり桜が散った。

真夜中の住宅街を歩くぼくの足取りは重い。

去年と同じような春のそよ風が吹いているが、その中には、微《かす》かに腐肉と血の臭いが混じっているように思える。

レンガの塀で囲まれた洒落《しゃれ》た洋館の脇に小路が続き、その先は枝葉の天蓋《てんがい》のある漆黒の闇が広がっていた。

今日がその日だった。一年前にぼくが迷い込んだ日だ。

ぼくは黙って闇の中に進んだ。

湿った落ち葉を踏みしめる。進むごとに臭気は明らかに強くなっていく。

かつて自分が半年間住んでいた藁葺《わらぶ》き屋根の家屋と、その敷地は確かにそこにあった。ぼくの作った看板や、椅子やテーブルもそのままある。家の中ではオレンジ色がかった明かりが灯《とも》っている。

こんばんは、と叫んだ。

しばらく間があった後、障子戸が僅《わず》かに開き、暗い人影が縁側に滑るように現れた。妙な服に翁の面をつけている。

ぼくは手招きした。

翁の面の男は境界まで歩いてくると、思い出したように面を外した。

髭《ひげ》と髪が伸び放題に伸び、目の下には隈《くま》ができて様相は変わっているが、ぼくが家を渡したのと同じ男——韮崎進だった。

「おぼえていますか？」

「ああ」韮崎は笑った。「よくも閉じ込めてくれましたね。まあいいや、上がってください」

ぼくは自分と男の間に、境界を挟んで充分な間合いがあることを確認する。直截《ちょくせつ》に切り出した。

「あなた、人を殺していますよね？」

韮崎は上目遣いにぼくを見た。

「え、私が？　そりゃまたどうして？」

「わかりますよ。だって、不自然に人が消えたらニュースになるでしょ。女子高生とか」

「そんなの私じゃないですよ」

「あなたですよ」

冷えた沈黙があった。何よりも家から漂う腐臭はごまかせない。

「あんた失礼だな。証拠があっていっているんですか？」

「あんたの上着、セーラー服じゃないですか」

韮崎は自分の上着——あちこちに黒っぽい染みのできている汚れた制服をちらりと見てから、舌打ちするとぼくを睨《にら》みつけ、吠《ほ》えた。

「オレが自宅で何を着ようと、関係ねえだろてめえには！」

ぼくが絶句していると、韮崎の目に涙があふれた。

「はいはい、いいですよ、嘘はつきませんよ。誤解を解きましょうかね。女子高生がきゃあきゃあいいながらふらっとやって来たんです。きっとどこかの学校の近くだったんでしょう。わあお店がある、なんていいながら、五人ぐらいが入ってきました。ね。そのときに誰かが制服を脱いで忘れていったんですよ。私服に着替えたのかわからないですけどよくあることでしょう？　その後寒くなってきて、それで私は冬物の服とか持ってないじゃないですか。好きで着ているわけではないんですよ。怒鳴ってすみませんね。そんな閉じ込められた上に人殺しとかなんとか、いわれたらいくらなんでもさすがに穏やかな私でもねえ」

「韮崎進さん」

韮崎の表情が強張《こわば》る。

「家族といえば、殺した奥さん、見つかっちゃってますよ。散歩中の犬が掘り起こして」

韮崎は、よくわからないというふうに首を傾げてから、ああ、ああ、と手を打った。

「ああ、あれね。あれは病気で死んだのを埋葬したんです。なんだなんだ見つかっちゃったんですか？　殺したんじゃないですよ。そりゃ我慢していたところもありましたよ。ソウルメイトじゃなかったし。ただそれとは別に、家内は心臓発作で死んだんです。ずっと前からね、『もしも自分が死んだら葬儀屋とかに死体を見られるのが恥ずかしくて嫌だから近くの森に埋めてくれ』って頼まれていたんですよ」

「あなたは、高校の英語の先生でしたっけ。最低ですね、本当に」

「何いってんの、偉そうに。あんたが閉じ込めなければ、ずっと高校の英語の教師でしたよ。ほら、全部テメーのせいじゃないか。何しに来たんです。謝罪でもしに来たんですか？」

「何しに来たと思います？」

「あのねえ、何度もいうけどやましいところなんて一つもないんでね、まず中で話しましょう。疑いがあるなら家の中でも調べてみてください。話はそれからじゃないですか」

ぼくは首を横に振った。韮崎は唐突に唸《うな》り声《ごえ》をあげると、摑《つか》みかかろうと両手を伸ばして間合いを詰めた。

飛び退いてズボンの後ろポケットに入れていた折りたたみナイフに反射的に手を伸ばしたが、その必要はなかった。

彼は境界で失速した。

家は男を解放しない。つまりこれは、現在のところ、家には韮崎以外に生きている人間はいないということになる。

ぼくは呼吸を整えてからいった。

「あなたはここから出られない。その意味がわかりますか？　ぼくはあなたなんか恐くもなんともないんですよ。檻《おり》の中の猿と一緒でしょ。あなたはすでに捕らえられているも同然なんですよ、韮崎進さん」

実名が判明していることを強調されるのは、今の韮崎にとってかなりの重圧なはずだ。

「あなたのことは、名前以外にもいろいろ調べていますから、何でもできますよ。自宅の住所もわかっているし、勤務先の高校もわかる」

何でもできるよ、とぼくは繰り返す。

「物騒な連中に声をかけて、あなたを袋叩《ふくろだた》きにしてここから引きずり出すこともできる」

ふいに韮崎進はしおれた。つまらなそうに地面を眺める。自分が追い詰められていることをようやく自覚したのだろう。

ぼくはそこで相好《そうごう》を崩した。

「でも、ぼくはそういうことはしたくない。平和的に取引しましょう」

韮崎は顔をあげた。ぼくはしかるべき間を置いてからいった。

「ぼくがあなたの代わりにそこに入る。あなたはその家から出て元の生活に戻る。まあ、完全に元の通りの生活ではないでしょうが、どうですか？　あなたの容疑は奥さんだけです。うまく言い訳をするなり、どこか遠くで人生をやり直すなりすればいい。

捕まらないかどうかまでは保証できませんが、ここを出たらすぐに逮捕ということもないでしょうし、本当にやましいところがないなら問題ないでしょう。今年の九月に、福島県の例の場所に行きますから、そこで交代しませんか」

自分と交代した男が殺人を犯している可能性を知ったとき、ぼくの心に湧き上がったのは、自責の念だけではなかった。

世界でただ一つの仙人のステータスを得られる奇跡の家を、俗悪な犯罪に使われたことに対する怒り。自分以外の人間がこの家に住むことへの嫉妬《しっと》。

失ってはじめて気がつくことがある。

ぼくはこの家を愛していたのだ。

「勝手すぎるよ」

「あなたにとって、悪くない話だと思いますけどね。絶対の約束が二つ。九月に、福島県の海沿いにある林に家が現れるまで、誰がここに訪れても一人も殺さない。不自然に人が消えれば、報道もされるし、こちらはそれを見過ごしませんから」

ぼくは韮崎進のへこんだ表情を注意深く観察しながら続ける。

「もう一つは、九月に家から出たあとは、この家のことは全て忘れること」

韮崎は不服そうに、ここはもう自分の家なんだよといったが、ぼくは無視した。

「別にいいんですよ。嫌なら。明日にでも友人連中に声をかけて、あなたを引きずりだして、警察に引っ張っていって終わりだ。あなたはおしまい。考えてみればそっちがてっとり早いですかね」

「何でそんなことするの？　証拠もないのに？」

「腐臭がしますよ。あのね、もう一度よく聞いてくださいよ、ぼくにはあなたの犯罪など、どうでもいいことなんですよ。関わりたくもない。ただこの家が汚されるのが嫌なんです。ここはね、あなたのような腐った人間の住むところではないんですよ。やはり、ふさわしい人間でないとね。気まぐれであなたに渡してしまいましたが、本来、正式にここを受け継いだのはあなたではなくぼくですから。あなたは九月に下界に戻って、逃げるなり自首するなり、家族を作るなりしてください。何もやましいことがないなら堂々としていられるでしょう。今みたいなことがしたいのなら、どこかよそでやってください」

韮崎は嗚咽《おえつ》しはじめ、泣きながら地面を蹴《け》っていたが、ふと顔をあげた。

「わかったよ。いいや、それで。今度は、立場は逆になるんだよね。人を檻の中の猿呼ばわりしてまあ、自分から檻に入ると。はいはい。あんたの好きなように。じゃあ、交代しましょう。別に九月まで待たなくていいよ。するなら今交代しましょう」

「今」

決して何一つ諦《あきら》めてはいないだろうと感じさせる韮崎の眼差《まなざ》しに宿った意志の光に、ぼくは戸惑いをおぼえた。

今、中に入るのは明らかに危険だ。韮崎に飛び掛かられて、殺す殺されるの格闘になる可能性は高い。全く信用できない。

だが信用といえば、ここでうまく、もしくは九月に恙無《つつがな》く交代ができたのならそれで安泰なのか？

　韮崎のいう通り、立場は逆になるのだ。韮崎は外に出たならさっそく銃を持ってきて、境界越しに射撃してくるのではないか？　毒を盛った食べ物を誰かに差し入れさせるのではないか？

　あり得るというよりむしろ、ほぼ確実にそうなる気がする。

　では、どうすればいいのだ？

「おいおい、何をうだうだやってんだ」韮崎が苛立《いらだ》った声をあげた。「あんたのいう通りにするっていってんでしょ。もしもおし、何が不満なんですかあ。何にもしませんからとっとこっちに来てくださあい。やれやれ家があれば人に押し付けて、なくなれば、やっぱりぼくの、ううんでもやっぱりこわい。この小心者の自己中傲慢《ごうまん》優柔不断野郎が。あんた学生時代みんなに嫌われるタイプだったでしょ、ねえちがう？」

　殺そう。

　韮崎の挑発を無視してぼくは決意した。仕方のないことだ。この男を殺さなくては家を取り戻しても平穏などない。

「韮崎進さん。わかりました。では譲ってくれるということですね。準備もありますからやはり今年の九月の例の場所にしましょう」

　九月までに銃を手に入れよう。多少の危険は冒してもいい。真剣に求めれば入手ルートもあるだろう。

舌打ちした韮崎に微笑んでみせる。

「それでは話がまとまった印に日本地図の掛け軸を今、ここに持ってきて渡してください。半年後にここを出るあなたには必要ないでしょうし、こちらはそれであなたの動向を観察します」

韮崎は肩を落として縁側に戻っていった。障子を開いたときに、灰色の人の足が見えた。壁や柱に血が飛び散っている。出てくるときには部屋を見せないようにしていたが、もはや隠すつもりもないようだった。

隙間から無造作にのぞいた足（足首の細さからおそらくは女性）には鉄輪と鎖がついていた。

鉄輪と鎖は鳥小屋の近くに転がっていたことを思い出す。奴はそれで、ここに誘いこんだ人間をつないだのだ。そして気晴らしに痛めつけながら犬のように飼った。

二人いれば片方は外に出られるという法則。一人を生かしたまま鎖でつないで閉じ込めておけば、自分は自在に外に出て、買い物だってできる。

奴が飛び掛かってきて境界で失速したとき、違和感があった。敷地内に一人しかいない場合は出られないことはよくわかっているだろうに、と思ったのだ。だが奴にとっては必ずしもそうでなかった。

運よくつながれていた人間が死んでいたのだ。場合によっては昨日か一昨日までは生きていたのかもしれない。

しかし酷《ひど》い。通常は思いついても実行しないものだ。こんなことを平気で行う人間を果たして九月まで泳がせていていいのだろうか。約束だって守るはずがない。この先だって奴は人が入ればつないで監禁し、一定時間なら外に出ることができるのだ。

事態はもっと差し迫っているのではないか。

気がつけば、ごく自然にポケットからナイフを取り出して構えていた。

胸の内にあたたかい夢想が湧き上がった。

九月の福島県、山ほどの荷物を持っていこう。衣類と千冊の本を持ち込むのだ。もちろん、一年分の食料も。庭いっぱいに鉢植えを置き、四季折々に咲く花を育てる。鳥小屋には鸚鵡《おうむ》をいれよう。訪れたものがうっとりとして眺めるような自慢の庭を造るのだ。前から興味のあったバイオリンの練習でもはじめてみよう。近所など気にせず音が出せる。

そして巡る季節に、一年に一度だけ会う人たちの人脈を作る。犬は二匹飼うことにしよう。本気で住むとなればすることはたくさんある。今の自宅を処分したり、必要なもののリストを作ったり。もう会社勤めなどしなくていい。何も悩まなくていい。

すっきりと自分がしなくてはならないことがわかった。家のため、社会のため、過去の被害者と未来の被害者のため、なにより自分のため。

センジさんはぼくの来訪を待っていた。行き当たりばったりで渡したのではない。ぼくはきっと不思議な力で後継者として選ばれているのだ。そして今からすることもきっと役割の一部。

菲崎が縁側に顔を出した。

ぼくは身を低くすると、刃物を構えたまま土を蹴った。

境界を越え突進する。

菲崎はなぜか手桶《ておけ》を持っていた。

かまわず刃物を突きだし、体当たりをする。一切の躊躇《ちゅうちょ》はなく、確かな手応《てごた》えがあった。

菲崎は屋内に吹き飛び、死体の足に引っかかって派手に転ぶと柱にぶつかり尻餅《しりもち》をついた。

菲崎の胸から刃物の柄が飛び出ているのを一瞥《いちべつ》すると、すばやく境界に向けて走った。

彼が死ぬ前に戻らなくては、閉じ込められてしまう。

安全な領域に飛び出してから家の方を振り向く。

妙に家が明るかった。屋内をさっと炎が走るのが見えた。

彼が手にしていた手桶に灯油が入っていたこと、それがぼくの体当たりで転がり、あたりに灯油をぶちまけてしまったことを瞬時に悟った。

韮崎は掛け軸をとりに部屋に入ったところで土間にあった灯油缶を見て、これを境界の向こうのぼくに浴びせかけようと思いつき、手桶に移したのだろう。

飛び散った灯油に火をつけたのが韮崎なのか、衝撃で部屋のランプか何かが倒れて点火してしまったのかはわからない。

敷地は炎に照らされ、家の内側はオレンジ色の光に煌々《こうこう》と輝いている。

灰色の煙が縁側に漏れ出ると同時に、ぱっと障子に炎が灯《とも》った。

炎は瞬く間に燃え広がった。藁葺《わらぶ》きの屋根もしばらく煙を吐いた後、一気に燃えはじめる。

韮崎はよろめきながら庭に出てきた。ナイフの柄は左胸から突き出たままだ。

両目には涙が滲《にじ》み、口の端からは涎《よだれ》が垂れていた。女子学生の制服に飛び火した炎をはらいながら、彼は幼児めいた奇声を発した。

ぼくは炎上していく家を背にした韮崎の踊るような動きを呆然《ぼうぜん》としながら眺めた。ただじっと見ていることしかできなかった。

庭に忍び出てきた煙は、むくむくと得体の知れない怪物のような形になり、韮崎を背後から抱きしめるように包んだ。

韮崎は煙に包まれる瞬間、恍惚《こうこつ》とした表情を浮かべ、ざまあみろといわんばかりの勝ち誇った表情でぼくを見た。彼もまた歪《ゆが》んだ形で家を愛していたのだろう。

そのまま彼の姿は煙の怪物の腕の中に吸い込まれていった。

嵐のような強い風が吹く。

火勢は強まり、敷地全体が煙に包まれた。煙も火の粉も、敷地の外には出て行かない。煙の中では稲光のような閃光《せんこう》が何度も瞬き、様々な人ならぬものたちの、わめき声や、泣き声、笑い声、怒声が聞こえた。

何かのはずみに境界に踏み込んでしまえば、とたんに炎の中心に引きずり込まれて自分も焼き殺されるように思えた。

やがて荒れ狂う炎と煙と灰は、巨大な蛇のような姿をとり、うねりながら夜空に昇っていった。

どのぐらいそこに立っていただろう。

穏やかな春の夜風が吹いている。

目の前には公園に続く細い道が開けている。

家のあった場所には何の痕跡《こんせき》も残っていなかった。塵《ちり》も、灰も、熱すらも残っていない。

ぼくはいつまでも放心して立ちすくんでいた。


それ以後、ぼくは毎年四月になると例の小路《こみち》を歩く。

あの家がどこか幻の村で再生され、再び日本を巡っているということはないだろうか、と淡い期待を抱くのだ。

だがいつも期待は裏切られる。

ぼくはため息をついて例の小路を通り抜けて春の公園にでる。

そうして、池に面するベンチに座り、物思いにふけるのだ。

幻は夜に成長する

1

「生かされている」という言葉に生理的嫌悪感をおぼえる。

他人に生殺与奪の権をにぎられた現在の私の生活をそのまま表す言葉であり、また洗脳教育で己の居場所を刷り込みをするように何度も聞かされた言葉でもある。

外出は不可能。排泄《はいせつ》は奥のトイレで、運ばれる食事は一日に二度。人に会うときは紫の法衣《ほうえ》を着て、長い黒髪の鬘《かつら》をかぶる。

欲しいものは紙に書いて世話役に渡す。

昼には客が来る。

私のもとを訪れる客には男女の区別はなく、年齢もばらばらだが、若すぎるものは来ない。血縁でも友人でも恋人でもない選別された人たちだ。

客は謁見の間に通され、御簾《みす》越しに私と会う。

彼らは御簾の向こう側の私に、おずおずと手を差し出し、私は彼、もしくは彼女の手を握る。

客の多くは声をあげ、涙を流す。

客と会っているとき以外の時間に、することはほとんどない。私はぼんやりと幻の世界をさまよいながら、私以外の誰にも視えぬ怪物を育てて過ごす。

客は私に地獄を語る。彼らが語る地獄を私は受け取り、その地獄を我が怪物の餌とする。怪物は太り、日々成長していく。怪物の名前はまだない。

しんと静まった真夜中には、鬼の面をつけた男がみしみしと廊下を歩いてやってくる。その男は鍵《かぎ》を使って私の閨《ねや》に入り、布団をひきはがすと、覆いかぶさってくる。避妊だけはしてくれるのがありがたい。

望んだことは一度もないが、この夜伽《よとぎ》は悪くない。悦楽を提供する男に顔はなく、名も知らぬ。そいつは私が抱かれたいと思うあらゆる男の顔になる。もっとも現実には、抱かれたい男など、もはやどこにもいない。

不毛な夜伽もまた醜悪な怪物の餌だ。

怪物を育てることは今の私の生きがいなのだ。

私は惰性で流れる時間の中を漂っている。日付も暦も、昼夜の区別も曖昧《あいまい》な日々だ。昨日と一昨日の区別がつかなくなり、本来の自分が何者なのか時折忘れそうになる。それは私を閉じ込めているものたちにとって都合のいいことにちがいない。

だが全てを忘れてしまうことは死に等しい。私は静かに時間をかけて記憶を手繰り寄せる。薬で失ってしまった記憶もあるが、私は己の心の中の小箱に大切な思い出をしまっている。

私を幽閉しているものたちは、そのことを知らない。密《ひそ》かに怪物を育てていることも知らない。もしも記憶の小箱と怪物のことが知られたなら、彼らは即座に私を殺すだろう。

私は己以外の誰にも触れられぬ想念の小箱の紐《ひも》を解く。

幼き日の私は、偉大なものと手を繋《つな》いでいる。偉大なものとは——祖母だ。

おまえはお姫様だよ。

いつだったか祖母はいった。

誰もが夢見るけれど、決して持つことのない力を、おまえは持っているんだ。

私と祖母の二人きりだった。

それ以外の人間は知らなかった。

むせるような緑の迷宮に私たちはいた。

この世界は幻に満ちている。

いつだったか祖母はいった。

誰もが幻を信じて、幻に操られて、幻の奴隷になり、多くのときを幻に捧《ささ》げる。短い生の中で本当のことを見抜ける奴なんて一人もいない。

風が吹きつける月夜の岩山に私たちはいた。

私は祖母の差し出した獣くさい食べ物をかじった。


見ていてごらん。祖母は手のひらに小石を置いて私に見せた。

祖母がひと撫《な》でると、それは白い鼠になった。

祖母が口笛を吹くと、鼠はとたんに生命ではなくなり、鼠を模した木彫りの玩具《がんぐ》になった。祖母が舌打ちすると木彫りの鼠の玩具は小鳥の玩具になった。

祖母が小鳥の玩具に息を吹きかけると、それは生きている小鳥になって空へと羽ばたいた。

束の間それは懸命に飛ぼうとするが、力尽きて地面に落ちる。

私が拾い上げると、それは小鳥ではなくただの石だった。

どうやったの？　私がきくと、祖母は笑った。いつかはおまえにもできるよ。こんな小さなことじゃない。もっと大きなことができる。なんといってもおまえは私のお姫様なんだから。


私たちは旅をしていた。

山を越え、川を渡った。

時折、骸骨《がいこつ》が歩いてきたり、喋《しゃべ》る怪物が現れたりしたが、魔法使いの祖母と一緒であれば危害を加えられることはなかった。


闇夜の晩に私はせがんだ。

王家の話をして。

祖母は首を横に振った。

王家はもはや遠い。思い出す必要もない。

見てごらん、遠くに町の灯火《ともしび》が見えるだろう。これからあそこに潜りこむ。私たちは身分を隠してあそこで暮らすんだ。新しい世界で物語を紡ぐのさ。

怖いのかい？

怖がっても無駄だよ。もう戻ることなどできないのだからね。

これは私たち一族の宿命なのだと祖母はいった。

昨晩、私は祖母の夢を見た。

ここから出て行く日は遠くない。

2

ある静かな早朝に、リオは家の前で虎を見た。

体長が二メートルもあろうかという虎で、朝靄《あさもや》に煙る樹木の間を、音もなく通り過ぎていった。

虎が去ってから一分間は金縛りにあったかのように硬直していたが、はっと我に返り、わわわあっと叫び声をあげて家にかけ戻る。

「お祖母《ばあ》ちゃん、お祖母ちゃん」

祖母が家の裏手から出てくる。

「なんだい興奮して」

「虎が、虎が！　虎が！　いたよ！」

森は山に続いていて、虎はそこから下りて来るのだろうと祖母はいった。

「怖かった！」

「大丈夫」祖母は笑った。「あたしはここの虎とはきちんと話をつけているんだ。この家の中に虎が来ることはないし、あたしの側にいれば虎が襲ってくることはない。そうはいってても危ないからあまり遠くに行ってはいけないよ」

「怖かった！」

祖母とリオの二人が暮らす家は、森の中の木造平屋で、裏手には薪《まき》が積まれ、さらに奥には小さな畑があった。

時々、町の子供たちが肝試しにやってきた。リオは彼らが大嫌いだった。子供たちは集団で現れ、リオと祖母が暮らす家に容赦なく石や花火を投げ込んだ。

リオと祖母の暮らす家はこの周辺の子供たちには名のある肝試しの場所らしく、山姥《やまんば》ハウスとか、その他ずいぶんひどい名前で呼ばれていた。

祖母は時折、リオに不思議な力を見せた。何もないところから花を咲かせたり、紙人形に束の間の命を吹き込んで動かしたり。

リオは祖母の使う不思議な技を、ただ感嘆の面持ちで見守った。

祖母は雨蛙をリオに持たせた。

「ようく見てごらん」

リオは雨蛙を凝視する。宝石のような明るい緑の体色に、黒い大きな瞳、頰を膨らませている。だが見ている間にそれは小石になった。

「石になっちゃった」リオは石を撫でた。

「最初から石だったんだよ」

「ううん。最初は蛙だった」

「蛙に見せただけさ。これが霊狐《れいこ》のお力だよ」

「霊狐？」

「ご先祖が稲荷《いなり》大明神から授かり、代々受け継がれてきた力さ。幻術さな」

祖母はもう一度やってみせた。小石がぶるりと身動きし、雨蛙に変わる。

いいかい、雨蛙に見えるからといって、雨蛙じゃないよ。これは石さ。

「つまり化かしたってこと。本物ではないということだ。そこに気をつけておかないとね」

「お祖母ちゃん、霊狐のお力であいつらをやっつけて！」

あいつらとは肝試しにくる子供たちのことだ。祖母は冷たく、駄目だといった。

「霊狐のお力は、リオとあたしだけの秘密だよ。誰かに見せるわけにはいかないし、誰にもいってはいけない」

「私にもできる？」

「練習しだい、才能しだい」

リオはそれから小石を撫でたりさすったり幻術の練習をしたが、何一つ変えることはできなかった。

ある日、リオが家の軒先で縄跳びをして遊んでいると腿《もも》にパチン、と痛みを感じた。目をやれば腿が赤く腫《は》れている。

縄跳びをやめて周囲を見回すと、どこかで誰かがくすりと笑った。

また、パチン。次は服に当たった。プラスチックの小さな弾が足元に落ちた。

杉の木の裏に男の子がさっと身を隠すのが見えた。リオはじっと杉の木を睨《にら》んだ。中学生ぐらいの年恰好《としかっこう》の男の子が二人、にやにやと下卑た笑みを浮かべながら顔を出した。エアガンを手にしている。

「ババアいる？」

「俺たちババアぶっ殺しにきたの」

「おまえちょっと呼べよ」

「帰ってよ」

二人は顔を見合わせると卑猥《ひわい》な言葉を互いに囁《ささや》きあい、嘲《あざけ》った。

「キャエッテヨ、だって」

「おまえらさあ、ここで何食って暮らしているわけ？　薄汚ねえ」

「そうそう住んじゃダメ、みんなが迷惑。ここに住みたければ、俺に税金払って。俺ら、魔女狩り部隊だけど、金くれたら許してあげちゃうかも」

「ババア！　出て来い！」

祖母が家から顔を突き出したところで、エアガンを放ってわっと逃げる――そんな予定なのだろうと、リオには推測できた。家と自分たちの間に一定距離を置いたまま近寄ってこないことでそれがわかる。困ったことに祖母は外出していて家にいなかった。リオは家を守るように黙って胸を張って立った。

男の子の一人が、業を煮やしたのか石を拾うと屋根に投げた。トタンが割れる音がした。

誰も出て来ない。

冷えた沈黙があった。彼らは一歩踏み出す。

「中とか……見てみよっか」

「意外に金とかあるかも……よ」

そのとき中学生の肩越しに虎の姿を見て、リオは叫んだ。

「虎だ！」

中学生はぴたりと足を止め、訝《いぶか》しげにリオを見た。

何いってんだよこいつ？

彼らがリオの視線を捉《とら》え、後ろを振り返ろうとしたその瞬間、一人が荒れ狂った虎の前脚に頭をはたかれて叢《くさむら》に跳ねとんだ。

リオは思わず目を瞑《つぶ》った。恐々と瞼《まぶた》を開いたときにそこにいるのは虎ではなく、祖母であった。

「ガキ」

姿こそ祖母であったが、猛獣の殺気はそのままに、丸刈りの少年の頬を撫《な》でた。

「うちに何か用か」

撫でられた少年は、遠くからでも震えているのがよくわかった。少年と祖母の身長はあまり変わらないのに、少年はずいぶん小さく見えた。祖母が少年の頭を握ればトマトみたいに破裂するのではないかとリオは思った。見ている間に少年はボタボタと足元に水溜《みずた》まりを作った。失禁したのだ。

「早く用件をいえ」

少年は蒼白《そうはく》になって、ごめんなさいと繰り返す。

祖母は少年の顔を見据えながら静かに警告した。

「次にここでおまえの顔を見たらどうなるかわかるか。目玉を抉《えぐ》って、体をバラバラにして、野鼠の餌だ。逃がさない」

少年は、かくかくと顎《あご》を上下させ、すみませんすみません、と繰り返し呟《つぶや》きつつ、逃げていった。撥《は》ね飛ばされた相棒の方はとっくに逃げ出していてもういなかった。

リオは快哉《かいさい》を叫んで、祖母に飛びついた。

「虎はお祖母《ばあ》ちゃんだったんだ！」

「何のことだい」祖母はとぼけた。

リオは少年が落としていったエアガンを拾い上げ、しばらくは玩具《おもちゃ》にして遊んだ。やがてどこかになくしてしまったが、ことによると教育上悪いと思った祖母が捨てたのかもしれない。

お祖母ちゃんには怖いものがあるの？　リオがきくと、祖母は遠い目をして、「あんまりないね。あんたの健康とナミぐらいかね」と答えた。ナミとは海の波かどうか気になったが、それ以上はきかなかった。

大親友のクーピーに走り寄ると、クーピーにもきいた。

「クーピーにも怖いものある？」

白熊のぬいぐるみのクーピーはうるさそうにいった。

「暑苦しいからべたべたくっつくんじゃねえよ。あほんだら」

森の家には、何日かおきに、太った色白のジャージ姿のおじさんが現れた。どこか亀を思わせる風体の男で、祖母と碁をしにくるのだった。

祖母と碁のおじさんは、家の裏手の切り株椅子に腰掛けて、お茶を飲んだり、七輪でスルメをあぶったりしながら碁を打った。

祖母は男が帰った後にリオに教えた。

「あの人は、腰が悪いんだ。あたしが霊狐のお力で痛みを和らげてあげているんだよ。その代わりに碁の相手をしてもらっているんだ」


碁のおじさんの他によく来る男がもう一人いた。森の風景には不似合いなほどさっぱりとスーツを着こなした眉毛《まゆげ》の太いおじさんだ。

リオはこちらの男は、眉毛のおじさんと呼んでいた。

眉毛のおじさんは、碁のおじさんよりも若く、リオを見ると満面の笑みで抱きかかえた。

リオは眉毛のおじさんの姿が見えると、飛び上がってはしゃいだ。眉毛のおじさんは、そんなリオを見て「おや、お姫様、元気していたか」と明るい声をあげ、リオが食べたこともないお菓子や玩具をくれるのだ。高級そうなチョコレートをくれることもあった。クーピーをくれたのもこのおじさんだった。初めて愛らしいぬいぐるみに頬ずりをしたとき、リオはおじさんを見上げてきいた。

「ねえ、おじさんおじさん、この子の名前は？」

「えっとね」おじさんは考えてから微笑んだ。「ムーピー一家の長男、しろくまクーピーだ」

「クーピー、よろしくね」

「よろしくな」クーピーはいった。「特別に親友にしてやるよ」

「親友だって！」リオは口を大きく開いて、今のきいた？　と眉毛のおじさんに確かめると、おじさんの表情は少し強張《こわば》り、首を横に振った。

「おじさんにクーピーの声はきこえないんだ。リオちゃんだけなんだよ。クーピーと話ができるのは」

そんなふうに眉毛のおじさんとリオが楽しげに遊んでいるとき、祖母が少し離れた場所で、どこか気難しい、見張るような視線を向けていることにもリオは気がついていた。眉毛のおじさんは丁寧な物腰で祖母に挨拶《あいさつ》すると、切り株椅子で、祖母と小難しい話をしていた。

リオが祖母に、「お祖母ちゃんは碁のおじさんと、眉毛のおじさんとどっちが好き？」と問うと、祖母は複雑な苦い表情を見せた。

「リオは？」

「あたしはだんぜん、眉毛のおじさん」

「ふん。それなら、あたしはだんぜん碁のおじさんだ」祖母は吐き捨てるようにいった。

ある日、おいしいラーメン屋があるのだと眉毛のおじさんがいいだし、三人で夕方に外に出かけた。

町に出てしばらく歩き、商店街にある店に入る。少し油っぽいテーブルに蛍光灯が反射し、テレビでは野球の中継をやっていた。

リオは夢中になってラーメンを口に運んだ。

「こりゃ、いい食いっぷりだ。まさか初めて食べるのかい」眉毛のおじさんは顔をほころばせた。リオは食事に気をとられて答えなかった。どこかで食べたことのある気がしたが、そもそも初めてかどうかなど、どうでもよかった。

「本当はこの娘に、あんまりどぎついもんは食べさせたくないんだけどね。わかるだろ？」

「たまにはいいじゃないですか。子供はみんなラーメンが好きなんだから」

祖母は仏頂面でやれやれと首を横に振る。

「リオちゃんはかわいいな」

「無理な話だ。手を出したら殺すよ」

「わかってますって」おじさんは肩をすくめた。「そんなつもりじゃないですから。だけど、例の器なんでしょう？　教団だってこのことを知れば」

「その話はするなと約束しただろう。私の物語は全部終わったんだ。教団など知ったことか。この子の未来は全くの白紙でなければならない。早く食え。おまえもこれを最後にもう来るんじゃない。二度は言わん」

眉毛のおじさんは俯《うつむ》いて食べはじめた。

3

ミズナとシモジョウが現れたのはよく晴れた夏の午後のことだった。

リオは森の近くの野原で花を摘んでいた。

「あ、いたいたリオ」

花を片手にきょとんとした顔で立っているリオに、ミズナはいった。

「ホラ、リオ。この子、私の親友のシモジョウ。一緒に遊ぼう」

ミズナとシモジョウは町の小学生の女の子だった。数週間前にやってきた肝試しの子供たちの中にミズナはいた。

ミズナは小鹿のような少女で、栗色の髪と大きな黒い目がどこか人形めいていた。ミズナの親友、シモジョウはミズナとは対照的に小さな目をした下膨れでおかっぱの少女だった。

「何して遊ぶの？」

「さあ、どうしよっか」

「ミズナってすごおい」シモジョウが苦笑いを浮かべた。「いつのまに仲良くなってんの。よく、こんなのと話せるよねえ」

「誰とでも話せるもん、あたし」

リオが手にしている花に目をやると、シモジョウは陰気な目を冷たく光らせて、「お花がかわいそう」といった。

お花はねえ、摘んじゃうと死んじゃうんだよお。あんたそうやってお花を殺しているんだよ。野原のお花はみんなのもので、あんたのものじゃないのにねえ。勝手にお花を殺すのやめてほしいんだけどお。

リオはショックを受けて手に持った花を落とした。

「まあそれはいいから」ミズナがとりなすようにいった。「じゃあ、ここじゃない別のところに行こう。あっ山田商店へお菓子買いに行こう」

二人はリオを野原の外に連れ出すと、どんどん歩いた。シモジョウがきいた。

「ねえ、あんたと一緒に暮らしているおばさんってなんなの？」

「お祖母《ばあ》ちゃん」リオは答える。

「うげっ最悪」

「シモジョウのお兄ちゃんはね」ミズナがいいかけると、「わあ、いうな！」とシモジョウが鋭く口止めした。ミズナはおどけて口に手をやって跳ねてみせた。それからさりげない様子できいた。

「リオのお祖母ちゃんって人間じゃないって噂があるんだけどさ。魔法みたいなのを使えるって本当？　私らにだけ教えてよ」

リオは足を止めた。警戒心が頭をもたげる。

「知らない」

シモジョウの顔がぎゅっと醜く歪《ゆが》む。

「何だこいつう、何だこいつう、気持ちわりい」

「シモジョウのお兄ちゃんがね」またミズナが面白そうにいい出す。

「駄目！　ああ！　やめて」

二人は学校の行事やら、教師の悪口、タレントの噂話をはじめる。リオは会話に加わることができず、おまけのように後をついて歩くことに苦痛をおぼえはじめた。一度だけ話をふられた。

「ドクターペッパーうまいと思う？」

「知らない」

「だっせ」

ミズナとシモジョウは、鄙《ひな》びた商店でお菓子を買って、店の前にあるコカ・コーラのベンチに座った。リオも隣に座ろうとすると、ミズナが「あんたは地面に座って」といった。

「あたしらのベンチだから。ごめんね」

ミズナがふざけてシモジョウを押すと、その足がリオに触れた。シモジョウはぎゃあ、と甲高い叫び声をあげて中腰になった。

「きたねえ！　きたねえ！　足が腐るぅ、足が腐るよう！」

「ああ！」ミズナも合わせる。「シモジョウの足が腐っていくぅ！」

シモジョウはリオを蹴飛《けと》ばす。二人の女の子はきゃあきゃあはしゃいだ。

夕方になる少し前だった。ミズナがシモジョウに含みのある表情を向けた。

「あたしらさあ、今日、リオと一緒に遊んだよねえ。楽しかった」

二人は互いの顔を見て秘密めいた目配せをすると、ふふふっと笑った。

「遊んだ、遊んだあ」

シモジョウは意地悪な笑みを浮かべた。

「だからもう、帰っていいよ、おまえ。ばいびー」

野原からずいぶん離れてしまい、帰るのに一苦労だった。リオは、二人はどうして自分を遊びに誘ったのだろうと考えながら帰路を歩いた。ミズナとシモジョウ。初めてできたかもしれない友達。クーピーのほうがずっといい。早く家に帰ってクーピーと話したい。

野原の前にパトカーが停まっている。警官と、消防車が目に入る。

森の中にあるリオの家はなくなっていた。

柱も家財道具も炭になり、かつて家があった一帯全てが灰になってしまっていた。

「お祖母ちゃん！」

人ごみを掻《か》き分けて焼け跡に近寄ったが、祖母の姿は見つからない。

「お祖母ちゃんは？」

リオの質問に答えられる大人はその場にはいなかった。

蒼白《そうはく》になって見回すと、リオ、と呼ぶ声がきこえた。叢《くさむら》にクーピーがいる。リオは走り寄るとクーピーを拾い上げた。白熊のぬいぐるみは無事だった。

「よかったクーピー」

「さんざんだぜ」

「何があったの？」

「知るかよ。昼寝して気がついたら炎だ。ばあさんが放ってくれてな」

リオは人だかりに背を向けた。誰かがそんなリオの背中に声をかけ呼び止めたが、リオは立ち止まらずに走った。クーピーが、逃げろ逃げろと、せきたてた。塀の隙間や、金網の穴を潜って一心不乱に走った。

「クーピー。お祖母ちゃんは？」

「わからん」

行く当てもないまま夜になり、とぼとぼとアスファルトを歩いた。他所《よそ》の住宅から漂う夕餉《ゆうげ》の匂いが悲しかった。

唯一助けになりそうなのは眉毛《まゆげ》のおじさんだが、どこにいるのかもわからない。

眼前には誰もいない住宅街の道がまっすぐに延び、電柱についた蛍光灯が等間隔に遥《はる》か先まで連なっていた。

ここを離れてしまおうか。このまま人住まぬ山に入り、闇の森を越えて、さらに先へ行けば、夢の中で見た風景が現れ、祖母はそこにいるのではないか。

だがリオは浮かんだばかりのその考えを打ち消した。

祖母は霊狐《れいこ》のお力を持つ幻術使いだ。きっと生きているし、こちらから捜すことはない。そんな心配は無用の人だ。

ミズナとシモジョウ。

体は疲れきっていたが、二人のことを考えると、頭がくっきりと冴《さ》え渡っていく。

彼女たちはなぜ自分を遊びに誘い出したのだろう。仲良しの二人だけで遊んだほうがよっぽど楽しいだろうに。

これは偶然なのか？

二人の声が蘇《よみがえ》る。

（シモジョウのお兄ちゃんはねえ）（わあ、いうな）

そもそもシモジョウのお兄ちゃんとは誰のことだ？　あの祖母にはたかれたエアガンの中学生か……それとも別の誰かだろうか。なんにせよ、火事と彼らはきっと繫《つな》がっている。

リオは目に付いた公園に入ると、砂場に忘れ去られたプラスチックのスコップを、ほとんど無意識のうちに拾い上げた。

祖母の技――霊狐のお力を、やってみようと思いつく。

ベンチに座って縋《すが》るような気持ちで精神を集中すると、頭の中にスイッチが入ったように、ばちん、と電流のようなものが駆け巡る。初めての体験だった。

リオがスコップを撫《な》でるとそれは拳銃《けんじゅう》になった。あのエアガン。もう一度撫でると包丁になった。さらに撫でると蛇になった。唐突に蛇は燃え上がり、慌てて落とした。

地面に落ちると、それはやはり最初のスコップだった。生まれて初めて魔法が成功した。感動も冷めやらぬまま顔を上げると、ちょうど公園の入り口にパトカーが停車するところだった。

4

警官は優しかった。リオは派出所に連れていかれ、冷たい麦茶を飲んだ。祖母がどうなったかをきいたが、「今のところどこにいるかわからない」という返答だった。

そこから先はかなりの速さで事態が展開した。リオは、クーピーとおしゃべりしながら、ただ流されるままにぼんやりとしていた。自分の身の処遇は大人たちの裁決に任せるより他はなかった。

「俺、思うんだけどよ」クーピーはいった。

「あんまり俺と話しているとこ、人に見せないほうがいいぜ」

「なんでよ」

「奴らじろじろ見るからさ。下手したら離ればなれにさせられちまう。俺、リオと別れたら即ゴミ箱行きだろうし」

何人かが目まぐるしく現れ、去っていった。血液を採取された。いろいろな絵や写真を見せられて、記憶や祖母に関する質問をたくさん受けた。見せられた写真の中には、ラーメン屋へ連れていってくれた眉毛のおじさんや、碁のおじさんもいた。

「この人と一緒にラーメンを食べに行った」

リオがいうと、しばらく質問が続いたが、やがてリオがラーメンを食べに行ったこと以外に何も知らないことがわかると、そのことに関する質問は終わった。

何日か施設のようなところに滞在した後、やがてリオの親を名乗る人間が登場した。身なりのいい男と女だった。

母親を名乗る女はリオを抱きしめて泣いた。父親を名乗る男はその後ろで、驚愕《きょうがく》と困惑と喜びの入り混じった表情でリオを見ていた。

祖母がどこかから不思議な力を使って救ってくれたのだと思った。

リオは庭付きの二階建ての家で、清潔な服を着て新しい小学校に行くことになった。遅れを取り戻すために家庭教師もつけられた。

クーピーは洗濯された後に部屋の棚に飾られた。

心機一転、新しい環境で暮らしはじめると、それが決して「新しい環境」などではないことに気がついた。

リオは凄《すさ》まじい速度で思い出していった。自分の家や、近所の風景、両親の顔や声、小学校の建物、そこのクラスメート……どれも既視感があり、いくつかのキーワードを提示されれば、すぐに自分の中から情報が引き出せた。両親は確かにリオの両親だった。家も確かに自分の家だった。森で暮らしていた頃はこの生活の一切を思い出さなかったのが不思議だった。

「あたしはどのぐらいの間、いなかったの？」

母に問うと、四ヶ月間、と彼女は答えた。

五月から九月のはじめまで。ゴールデンウィークに海に行ったときに、あなたはいなくなってしまったのよ。警察も海上保安庁もあなたを捜したけれど、何の手がかりもなかったの。

「四ヶ月間」リオは繰り返した。たったの。

「見つかって本当に良かった」

母はそういった後に泣いた。

幻術を使う祖母のことを口に出すと、母はひどく嫌な顔をした。性的ないたずらをされていないかどうかを確かめるためのやや婉曲《えんきょく》な質問をした後、「なんにせよ、その人はあなたのお祖母《ばあ》ちゃんじゃないの。忘れなさい」といった。

森の祖母が母のいう通り、血縁的な意味での祖母でないことはすぐにわかった。家の仏壇には「本物の祖母」の遺影があり、それは共に四ヶ月暮らしたおばさんとは似ても似つかなかった。幻術師のおばさんは、両親の全く知らぬ人間だった。

忘れろというなら忘れたふりをしようとリオは思った。

リオは暇をみては幻術の練習をした。誰も見ていないところで、こっそりとあの離別の夜に芽生えた不思議な力が消え去っていないかどうかを確認する。

消しゴムを爪切りに変える。爪切りで爪を摘む。数十秒で、爪切りは元の消しゴムに戻る。摘んだはずの爪もまた元に戻っている。

ものの組成が本当に変わるのではないのだと確認する。消しゴムはやはり消しゴムなのだ。爪切りに変えても爪は切れない。石を小鳥に変えたら本物の小鳥になるわけではない。ただそう錯覚するだけ。

幻術を使うとひどく疲れた。蓄えられた力を使い果たせば、最低でも三日、長ければ一週間は使用できなかった。魔力の泉にまた雨水が溜《た》まるのをじっと待つしかない。

幻術を他人に見せるつもりはなかった。だが作った幻は他者にも見えるものなのか実験する必要があった。

リオはある日、近所の公園で小枝を蛇に変えて、砂場に放った。

砂場には幼児とそれを見守る母親がいたが、一瞥《いちべつ》されただけで終わりだった。

蛇は十秒ほどうねり、小枝に戻った。

なるほど、と理解し、失望した。幼児にも母親にも蛇は見えなかったのだ。その効果を見ることができるのは今のところ自分だけ。これではマッチ売りの少女がマッチを擦ったときに見る幻と同じだ。

リオはお祭りで入手した五百円のプラスチックの指輪に、幻術をかけてダイヤの指輪にして眺めた。アニメのヒロインのアクセサリーに、エメラルドに、ラピスラズリに。ほとんど意味のない遊びだったけれど、眠ろうと目を瞑《つぶ》る前に、おまじないのようにそれをやった。

リオの幻術は使うたびに少しずつ成長した。像は明確になり、持続時間が延びる。日常生活での経験を吸収して、多彩で質感を伴うものになった。

小学校の四ヶ月分の遅れを取り戻すには、それなりの苦労があった。だが、実際には夏休みを挟んでいたため、二ヶ月ほどの遅れでしかなかったし、リオは呑《の》み込みが速く、家庭教師と共にドリルを解きまくっているうちに、授業についていけなくなることはすぐになくなった。

十二月の午後、校庭の隅の林で落ち葉を集めた。目を瞑り、幻術をかけると、集めた落ち葉は祖母の顔になった。

——うまくやっているじゃないか。

次の瞬間、術は解け、落ち葉は木々の隙間から吹き込んだ風に舞った。

5

ある静かな晩だった。リオはベッドの中で唐突に胸騒ぎがして目を覚ました。誰かが自分を呼んだような気がした。

目覚めてもなおまだ夢の中にいる気がする。

部屋は物音一つなく静まっていた。リオは音を立てずに階段を下りた。

居間の窓から庭を見ると、ブロック塀の上に虎猫が蹲《うずくま》っていた。

身を縮めてこちらを見ている。

——おいで。

リオは誘われるままに庭に出ると、ひらりと跳躍してブロック塀に飛び乗った。いつのまにか自分も猫に変わっていた。

——お祖母ちゃん。

虎猫の祖母は軽く後ろを振り向き、屋根の上に飛び移った。

リオも後を追って屋根に乗る。夜の屋根はひんやりと冷たかった。

屋根から屋根へとしばらく跳んだ後、二人で並んで蹲った。

――だいぶ慣れたようだね。でもまだ芽がでたばかりだ。このまま大切にその力を伸ばしていくんだよ。お花を育てるのと一緒だよ。風雨にさらしすぎちゃいけないんだ。かといって植木鉢を金庫に入れていたって花は枯れてしまう。

――お祖母ちゃんは、今どこに住んでいるの？

――そんなことはいいんだよ。今のあんたにはお父さんとお母さんがいるんだから。お祖母ちゃんは猫になったり、カラスになったりして、見守っているよ。今日、現れたのは、波が来ることを教えようと思ってね。

――波？

――幻術の使い手に訪れる波さ。言葉で説明できるものでもないが、それが来れば、あこれか、とわかる。一生のうち何度来るかわからないが……何度かは来る。下手をすればおまえの能力は波が全て攫《さら》っていってしまう。そうなったら、まあおしまいだ。能力は二度と戻ってこない。場合によっては心が壊れる。だが、波をうまく乗り切れば……力はさらに強大になる。

――怖い。

──仕方のないことだ。波からは逃げられない。手助けもできない。呑まれるか、攫われるか、生き残るか……重要なこつがある。波が来たら、逆らわず身を委ねるんだ。そして波の性質を捉《とら》え、うまく利用することだ。

虎猫は起き上がった。

──じゃあ、そろそろ時間だ。

翌日の午後、五時間目の理科の後に、波はやってきた。

確かにそれは波だった。

心臓が高鳴り、想念が洪水のように溢《あふ》れ、全身に汗が滲《にじ》んだ。

リオは廊下に蹲った。始業のベルの鳴る間に、何もかもどうでもよくなり、おぼつかない足取りで校舎の外に出た。

脳内にある小川が、町を押し流すほどの濁流になっている。時折、ひどい吐き気に襲われた。地面が波打ったり、空を亡霊の群れが横切ったりした。

波はリオの精神を揺さぶり続けた。リオは家に帰ると自室にこもり、夢に現れた祖母の助言の通りに力を抜いて、波に身を任せた。慣れてくると少しずつ気分が落ち着いていった。体の節々が痛み、意識に霞《かすみ》がかかったが、この状態は長くは続かないのだといいきかせた。

一晩、波はリオを揺さぶり、翌日の朝にはどこかへ消えていった。

波を乗り切ると、リオは自分の体内に清新な力が満ちているのを感じた。悪いものがきれいに流され、細胞が生まれ変わり、まるで自分がぴかぴかに磨き上げられた水晶玉になったように感じた。

窓の外に大きな雲が流れている。

手をかざし、意識を集中させれば、雲は巨大な竜になった。

霊狐《れいこ》のお力――幻の力は波の前とは比べ物にならないほど、深く強く、生き生きと迸《ほとばし》っていた。

学校をタージマハルに変えてみた。

ポプラ並木に、咲くはずもない赤と青と紫の花をいっぱいに咲かせてみた。

隣の席の男の子を、流行《はやり》のアイドルタレントの顔にした。嫌いな男女をゴブリンに変えて嘲《あざけ》った。

アスファルトの道路を透き通る水に変えた。

沈むことも濡《ぬ》れることもない水面の道をリオが走ると、一足ごとに波紋が広がった。

水面下には古代遺跡が沈み、名も知れぬ魚の群れや、鯨が泳いでいる。

リオはスキップした。頭の奥に光が射している。

誰かにこの素晴らしさについて話をしたかったが、理解してくれるものはいそうになかった。強大になったとはいえ、自分にしか見えない幻であることに変わりはなかった。


小学六年生も三学期の半ばを過ぎ、もうすぐ中学校に上がるという頃、リオは学級委員長のエリカに自分の能力を打ち明けた。エリカはリオの知る限り、最も聡明《そうめい》で誠実な人間だったことが一つ。卒業後は親の転勤の関係でイギリスに行ってしまうことが一つ。つまり秘密を漏らす可能性が一番少ない人間だった。

エリカはリオの告白をきくと呆《あき》れ顔《がお》を見せた。

「そんなの想像の世界でしょ。誰でもできるんじゃないの。私だってできるし」

「想像の世界だけど、想像したものが本当に現れるんだよ。ううん、実際にはないんだけど」「どっちよ」「だから頭の中じゃなくて自分の目にきちんと見えるわけ」「目で見たものってほんとは全部脳が見ているんだって」「だからね、えっと」

まどろっこしい会話がしばらく続いた後、エリカは「結局のところリオのつくる幻はリオだけにしか見えないんだよね？」と確認する。

「正直にいうと、それはたぶん病気だと思う。そういう心の病気があったはずだよ。悩んでいるの？」

「悩んではいない。ただ、他の人にも見えればいいのにって」

「確かにね。そこはものすごーく大事な部分だね。見えるのが本人だけかどうかってのはね」

リオは思う。祖母は、石を蛙に変えることをはじめ、自分にいろいろと見せてくれた。術者以外の人間にも幻を見せることは、幻術の次の段階としてできるはずだった。

「エリカで練習してもいい？」

「それってうまくいくとリオの想像したものが私にも見えるようになるってこと？」エリカは微笑み、「別にいいけど」と了承した。

「本当に？　良かった。嫌われるかと思った」

「私はそんなことで嫌ったりしないよ」

エリカはそこで、探るような目を向けた。「よくわかんないけど、本当に超能力みたいなことができるなら、いろいろ見てみたいもんだし」

「このこと絶対に誰にもいわないでね」

エリカはいわないと約束する。そうして二人は放課後に公園に向かった。

何度目かの試行錯誤の末、リオは十円玉を五百円玉に変えてエリカに見せることに成功した。こつは、相手の体に触れることだった。

体に触れながら〈彼女にも見て欲しい〉と念じることで、想念の産物を共有できた。

二人はほんの束の間、その成功を喜びあった。さらに、一度相手の体に触れて共有した幻は、体から手を離しても、しばらくの間は相手の前に存在し続けるということもわかった。

エリカの鞄《かばん》についていたウサギのマスコットを熊のマスコットに変えてみせる。

エリカは熊のマスコットをひとしきり撫《な》で回し、すごーい、といった後、引き攣《つ》った笑みを貼りつかせ、声のオクターブをあげた。

「で、これってどういう手品？」

「だから幻を見せる力だって」最初に説明したはずだけど、とリオが不審げに答えると、エリカは鋭く否定した。

「嘘。そういう力はないんだって、お父さんがいっていた。テレビに出る超能力の人も、本当はみんな手品なんだって。どうして嘘つくの？　そりゃ、魔法使いになれたらいいけど、そんなものいるはずないでしょ」

「あたしは……」

「ねえ、手品だっていいじゃない。すごいと思うよ。なにをこだわっているの？　本当のこといわないと私怒るよ」

リオは左手でエリカの手を握り、右手で小枝を拾うと、玩具《おもちゃ》の兵隊に変えた。兵隊はかたかたと動くと、黒い煙を吐いて倒れ、骸骨《がいこつ》になり、元の小枝に戻った。

手品じゃないでしょう？　これでも信じないの？　もっとすごいことだってできる。

エリカの表情は見る間に強張《こわば》り、悲鳴をあげてリオの手を乱暴に振りほどくと、絶縁を宣言した。

「二度と私に話しかけないで。触れないで。近寄らないで。もう友達じゃないから」

卒業するまでの間、エリカとは事務的な連絡以外の会話を交わすことはなかった。卒業後、エリカはイギリスに行き、リオは二度とエリカに会うことはなかった。

それなりに傷ついたが、ずっと後には仕方のないことだったと思うようになった。

むしろ卒業前を選んで正解だったし、エリカは誰にも話さないという約束に関しては守ってくれた。自分の能力を、おおかたの他人がどう捉《とら》えるか、エリカで学ぶことができた。

リオは能力を隠し、密《ひそ》かに磨きながら成長した。リオのまわりはいつも幻で満たされていたが、そのことを知るものはいなかった。

「王国だ」クーピーがいった。「おまえは女王で、俺は大臣だ」

「幻だけどね、大臣」若干の後ろめたさを感じながらリオはクーピーを撫でる。

6

高校一年生の七月、リオは思わぬところでミズナと再会した。

英語検定の二次試験の会場だった。電車で二駅ほどのところにある女子短大で、日曜日のキャンパスには、同じく二次試験を受けにきた近隣の中学生や高校生が集まっていた。

会議室で二次試験の英語面談の順番を待っているとき、二人組の女の子が、リオの後ろで雑談していた。

「ミズナもサユリたちと一緒にＴＯＥＩＣも受けたらいいのに」

「やだやだ。もういい」

〈ミズナ〉という言葉がふとリオの耳に留まる。

リオは、まさか、と後ろを振り向いた。おしゃべりに夢中の女の子はリオの視線には気がつかない。栗色の髪に黒い大きな目は変わっておらず、あのミズナに間違いなかった。

銀髪の初老のおじさんと、英文カードを手にして受け答えをするテストが終わってから、リオは短大の中庭でミズナに声をかけた。

隣に友人らしき女の子がいるのが邪魔だったが、気にしてはいられない。

「ミズナ」

ミズナは不思議そうにリオを見て、目を細めた。

「えっとお、誰だっけ」

森の掘っ立て小屋に住んでいた女の子の顔は、歳月と環境の変化に合わせてどのぐらい変わったのだろうか、とふと思う。

「ほら、リオ。森に住んでいたリオ。あなた、シモジョウと一緒にいたミズナでしょ」

ミズナの表情が見る間に硬直する。

「え。嘘」

「久しぶり」

ミズナの友達は、隣で所在無げにしていたが、ふいに、じゃあミズナばいばいまた明日、と妙に明るい声でいうと去っていった。たまたま会場で会った同級生というだけで、たいして仲は良くなかったのだろう。

ミズナは去っていく友達に、ばいばいと声をかけてから、リオに値踏みの視線を向けた。

「へえ、すっごい変わったねえ。リオって今いくつ？」

「高一」

「なんだタメだったんだ。背ちっちゃかったから年下かと思ってた」

「シモジョウは元気にしている？」

「ああ、シモジョウ」ミズナは、そんな奴もいたな、と懐かしむようにいった。「あの子とは今友達じゃないからわかんない」

「あの日、ほら、私が二人と遊んだときあったじゃない」

リオはミズナの顔から目を逸らさずに続けた。

「帰ったら家が燃えちゃっていてさ」

「ああ、そう。そうなんだ」

ミズナは同情しています、と縮こまってみせ、不自然なほど明るい口調でいった。

「まあ私はよく知らないけどね。なんかあれって、誰かが野原で焚き火《たび》やっていたら、飛び火しちゃったんだって」

わざとじゃなくて、たまたま遊んでいたら飛び火しちゃったんだって。

良かったじゃん。あそこにいなくて。たまたまあの日、あたしたちと遊んでいなければ焼け死んでたかもしんないじゃん。結果的に助けてあげたことになったんじゃない？

「ねえ、焚き火をしていたのはシモジョウのお兄ちゃん？」

ミズナの顔色が曇った。答えないが、沈黙もまた答えだ。

ミズナは唐突にぷっと噴き出した。

「まあそれはともかく……ちゃんとした親が見つかって良かったよねえ、ほんと。いや聞いた話だけど、頭のおかしいおばさんに拉致《らち》されて育てられていたんだって？　なんか今考えると、気の毒っていうかさ。つーか、でも小六だったなら、普通気付いて逃げるだろみたいな。久しぶりに見たら、きれいな服着てお洒落《しゃれ》もしちゃってさ。めでたしめでたし。でもやっぱ、昔の自分のこと考えると恥ずかしくなったりするわけ？」

「そのおばさんはどうなったか知ってる？」

ミズナは唇を尖《とが》らせて、「知るかよ」と強気にいった。「あたしにきくなよ。別にどうでもいいことだし」

「シモジョウの電話番号教えてくれる？」

「はあ？　なんであたしが？」

「教えてよ」

「知らないって。ねえ、なんでなんで？　あたし関係ないじゃん。教える義務もないし。あ、ごめん、この後予定あるんだよね。じゃあばいばい」

踵《きびす》を返したミズナを見て、リオの中にやり切れない怒りが芽生えた。リオは素早くミズナの肩に手を伸ばした。

ミズナは面倒くさそうに顔を向ける。

何だよ。

リオはミズナの左頬のほくろに目を留めた。瞬間、リオの目にその小さな黒点がやけにかわいらしく見えた。

咄嗟《とっさ》の思い付きだった——黒点はフジツボに変化した。

フジツボ——磯の岩で暮らしている貝。

ミズナの顔に噴火した巨大ニキビのような形の磯の生き物が付着する。

「もう会わないかもしれないから握手しよ」

ミズナは、えっと呆気《あっけ》にとられながら、はいはい、と手を出した。

手を握った瞬間に、フジツボの認識を強く受け渡した。

「会いたくなったら、私を捜してね」リオは不敵な笑みを浮かべて、自分の高校名を告げた。

「いや、別になんないけど」ミズナは怪訝《けげん》そうに手を振りほどいた。

リオは立ち去っていくミズナの背中を眺めながら想像する。彼女はすぐさまチャーミングな左頬のほくろが、フジツボに変わっているのを鏡で見るだろう。手で触れれば、ざらざらした確かな触感があるはずだ。手で頬を隠しながら家に帰るだろう。早急に皮膚科にいくだろう。だが、そのフジツボを切除できるものはいない。私と彼女の目にしか見えないフジツボなのだ。現在の自分の力からすれば持続時間は短ければ三日。長ければ一週間。

彼女がフジツボを意識し続ければ、それを栄養に幻の寿命は延びるかもしれない。

7

英語検定から二日目、下校途中に、フジツボを頬に貼り付けた少女がリオの前に姿を現した。

ミズナはリオの進路を塞《ふさ》ぐと、ちょっと来て、と強引にリオの手を引き、空き地に連れ込んだ。

リオの肩に手をかけて顔を寄せる。

「ねえ、ちょっとききたいんだけど、あんたあたしに何かした？」

「離してよ」

「何かしただろ、おい！」

「何なの？　あたし、用事があるから、どっか行ってくれる」

「ふざけんなよ、てめえ」

ミズナはリオの肩を揺さぶった。

「知らないって、離してよ。警察呼ぶよ」

彼女は声を荒らげた。

「あたしの顔に何したんだよ、化け物」

「なにそれニキビ？」リオは笑った。「気持ちわるーい」

リオはミズナが電信柱に摑《つか》みかかり、わめきながら蹴《け》りを入れるのを、しばしの間眺めていた。

電信柱に己の姿を貼り付けたのだ。しばらくするとミズナは電信柱にひれ伏し、懇願しはじめた。蹲《うずくま》ったミズナの喉《のど》から言葉が出なくなってから、リオは歩み寄って肩を叩《たた》いた。

「これからシモジョウの家に行くけれど、案内してくれるよね？　そのために来たんでしょう？」

そこから先のミズナは打って変わった従順さを見せた。リオが問えば、脅《おび》えのまじった潤んだ目を向けて、あの日のことをぼそぼそと語った。

ほとんどリオが推測した通りのことだった。シモジョウには当時十四歳の兄貴がいた。シモジョウの兄貴とその仲間たちは、祖母に脅された同級生の仇討《あだう》ちとして「森の妖怪《ようかい》ババアをぶっ殺しに行く」ことになった。

「まさか家を燃やすまでするなんて思いもしなくて、でもシモジョウからきいて、本当に私は、あなたを助けてあげようと思って」

「同じことをしてあげようね」リオは柔らかく微笑んだ。「これからあんたの家が燃える。

火をつけるのはシモジョウの兄貴とその仲間。私はそのときあんたを連れ出しておいてあげるから。安心して。きちんと借りは返すからね。さあ、シモジョウのところに行こう。とりあえずその兄貴をあんたたちに呼び出してもらう」

ミズナはフジツボのついた顔で、「あなた、何も知らないの？」と泣いた。

シモジョウの兄貴はもう死んでいるんだよ。

あの放火の日から二、三日後の真夜中に、シモジョウの家に変質者がいきなり押し込んできて、シモジョウの兄貴を包丁でめった刺しにして出て行ったんだ。窓から忍び込んで、ただシモジョウの兄貴だけを殺して外へと出て行った。

あのおばさんの家の火事に関わった他の三人も、同じ夜にその変質者にめった刺しにされた。変質者は中学生の名簿を持っていて、一晩のうちに四人の家を順番に廻《めぐ》ったの。

「そんなの嘘だ」

リオは動揺を隠しながら、ミズナを見据えた。

「嘘じゃない。調べてみたらわかると思う」

ミズナは泣きじゃくる。

「私は関係ない。本当に関係ないから。関わりたくもない。シモジョウはそれから転校した。転校前に少し話したけど、なんだか頭が変になっているみたいだった。本当に知っていたら教えるけど、今はもうどこに住んでいるかも、電話番号も知らない」

「何よ変質者って。犯人は……捕まったの？」

「翌日に遺書を書いて、自殺した。写真を見たけどキモいおっさんだった。有名な事件なのに知らなかったの？」

リオは、もういい、といってミズナの頬のフジツボを取り払った。

「今回私とあなたの間には何もなかった。全部忘れて。誰にもいわないことを約束してね。もしも誰かにいったら……」

もしもミズナが誰かにいったら？　どのように脅しておこうか、とリオが考えている間に、ミズナは「私こそごめん誰にもいわないから」と約束して走り去った。

ミズナと別れた後、リオは図書館に向かった。調べてみればミズナのいう通りかなり大きな事件だった。なぜ今まで知らなかったのかとも思うが、両親がこの事件のニュースが自分に伝わらないよう遮断していたのだろう。夜、居間に顔を出すと父親が無言でテレビを消したことが何度かあったのを思い出す。

三十五歳無職の男が、一晩で中学生四人を連続殺傷。翌朝に飛び降り自殺。男の名前は山崎鉄之助《やまざきてつのすけ》。

遺書の全文は公開されておらず読むことはできなかった。記事によれば、遺書には被害者の生徒たちに対する怨恨《えんこん》を示す記述が見られたという。

リオは食い入るように記事を眺め、ある限りの資料をあさった。

警察は聞き込み捜査の段階で、「殺された被害者たちが森の平屋の火事に関わっていたようだ」と知ったはずだが、その点についての記述は見つけられなかった。死んだ子供の親の心情に対する配慮などから公表しなかったのかもしれない。それ故、記事は三十五歳のいかれた男が、身勝手な私怨《しえん》で子供を順番に殺したという印象を読み手に与えた。

容疑者の写真は、よくジャージ姿で家に来て碁をしていた太った男——碁のおじさんの顔だった。

考えてもよくわからない事件だったが、祖母はきっともういないのだと感じた。祖母なら報復するにしてもこんな杜撰《ずさん》なやり方ではなく、もっとずっとうまくやる。たとえば四人を一人ずつ自殺に追い込むぐらいのことは簡単にできるはずだ。

8

父親が入院した。癌だという話だった。病室で父親と二人のときに、自分が幻術使いであると告白した。父親は黙ってきいていた。

「それは……何のことだ」

リオは黙って父の手を握ると、病室の壁を吹き飛ばし、ベッド以外の全てを海に変えた。父は見渡す限りの水平線を眺めるとため息をつき、目を瞑《つぶ》ってから、もう一度周囲を確認した。

「どうしてもっと早く言わないんだ」

「どうしたらいい？」

父親はしばらく考えていた。

「お父さんにはそんな力はないからわからないが……多分辛《つら》いんだろうな？」

さすがは親だ。よくわかっている、と思った。

「自分のために使いなさい。決してその力を使ってたくさんの人を救おうなどと思わないように」

「救わないよ。救えないし」

でもどうしてたくさんの人を救ってはいけないの？

おまえに向いてないから、と父親は笑った。

「使わなくても済むのか？」

そうだと答えると、父親は、それなら使わないほうがいい、と忠告した。

その日から三ヶ月後に父親は死んだ。五十七歳だった。


ある日、何気なく買った週刊誌に、新興宗教団体の解散の記事を見つけた。二百人ほどの信者を集めた小規模な団体だったが、十年前に教祖が失踪《しっそう》してから急速に力を失い解散したという。教祖の写真は祖母だった。

リオはしばらくその写真を眺めた。いつぞやの図書館で中学生連続殺傷事件の記事を眺めたときと同じく、既に終わった遠い過去のことでしかなかった。

祖母もまたその昔、誰かから「霊狐《れいこ》のお力」を受け渡されたのだ。その後、おそらくは父親のいう「たくさんの人を救う」という方向を夢見て進み、やがては嫌気が差したのか、何かの事情でそこを離れて流浪し、海で出会った女の子を後継者に選んだ。考えつくした結果なのか、運命的な引き合わせなのか、投げやりな選択だったのか、リオにはわからなかった。

父親の助言に従い幻術は封印した。長期間使わなければ能力そのものが消えてしまうかもしれないが、それで構わないと思った。

ある晩、鏡の中の絶世の美女を数時間も眺めている自分自身の姿に気がつき、このままではまずいと思ったのだ。こうしているうちに時間が飛ぶように過ぎ去り、老婆になっても鏡の前で絶世の美女を見続けているような、眩暈《めまい》がするような破滅を予感した。

高校を卒業すると、リオは仕事を求めて都会に出た。アパートで暮らし、パンとケーキを売る店で朝十時から夜七時まで働いた。

幻術を使わなければ、かつて当たり前のようにあった夢想の王国は生活から消滅した。使わぬ幻の力はたまっていき、時として溢《あふ》れだしてくるようになった。

舌なめずりをする音だけが、背中にへばりつくようにいつまでも後を追ってきたことがあった。四つ角の中央に、首のない男が両手を水平に広げてプロペラのように廻《まわ》っているのを見たこともあった。

本当に恐ろしく感じたのは、傍目《はため》にすぐ幻とわかるものより、いかにも現実であるかのように偽装しているものだった。

よく通る道の真っ白なコンクリートの塀が、ある日いきなり紫陽花《あじさい》の生け垣に変わっていた。机の引き出しが四つあり、四つ目に何を入れたかと開けようとして、ふと引き出しの数が三つになっていることに気がつく。

リオにとって、世界とはどこか曖昧《あいまい》で不確かなものだった。


ある夕暮れ時、仕事を終えてアパートに帰る途中だった。リオは道の先の方の様子がいつもと違うことに気がつき、足を止めた。

車同士がぎりぎり擦れ違える幅の住宅街の道が、ある境から一軒の建物もない砂浜になっている。

砂浜の先には海が広がっていた。

幻だった。

そこに海も砂浜もあるはずはないのだ。

灰色の空の下、人気のない砂浜には、骸骨《がいこつ》の女が全身を炎に包んで手招きしている。

現実の道の先には踏切があったはずだと思い出す。先に進むわけにはいかない。

立ちすくんでいると、お互いに一歩も動いていないのに、炎に包まれた骸骨女と砂浜が数メートル近づいた気がした。

はっと我にかえって脇へよけると、一台のトラックがクラクションを鳴らしながら通りすぎていった。

遠ざかる排気音の中、見れば道の先はただの住宅街の風景に戻っていた。

9

須藤啓一《すどうけいいち》と出会ったのはそんな折だった。須藤啓一はリオの働く店の近くの美術大学の学生で、よくパンを買いにきていた。ある秋の日に、須藤は唐突に「今度、俺の友達が演劇やるんだけど一緒に観に行かない？」と誘った。

須藤の気負いのない誘いに、「ああ行く」とあまり考えずに答えた。

「良かった。じゃあ、明後日の金曜日だから。迎えに行くよ」

演劇を観に行った帰りに、須藤のアパートに寄った。須藤は四年生だったが、一度留年し、さらに一度休学しているため、大学生活は六年目なのだと語った。

「入るのも二浪したからさ、けっこう年だぜ。まわりがガキに見える」

寝転がって本棚に散乱している美術関連の本や、須藤の作ったいくつかの人物画を見せてもらって時を過ごした。

そのまま男女の関係になり、リオは須藤のアパートに出入りするようになった。

須藤は、リオが幻術について自ら告白した三人目の人間になった。奇妙なおばさんに誘拐されて、四ヶ月間何の疑問もなく一緒に暮らしたこと、祖母と思い込んでいたこと、不思議な力を継承したことを、リオはベッドの中で話した。

「不思議な力？」

本物そっくりの幻を作る力なのよ、とリオは説明する。

「よくわかんないけど、君は特殊な脳の持ち主なんだな。クオリアを自在に呼び出せる」

「クオリアってなに？」

「こないだ読んだ本に載っていた言葉。脳内にある五感の質感のこと。フィーリングっていうか」

林檎《りんご》のつやつやした感じ、とか、秋の青空の高く広がる感じ、とか、コンクリートの均質に硬い感じ、とか、味覚なら舌に載った甘いバニラクリームが溶ける感じ、とかさ。クオリアは脳が作るものだから、あくまで主観的なものなんだけどね。ものの見え方、感じ方は人それぞれ違うだろうし、経験によって変わってくるだろうしね。

「芸術の話？」

「脳と芸術の話。自分の中にあるクオリアを相手に伝えたり、記号や色彩や陰影を上手に使って、相手の心になんらかのクオリアを喚起させたりするってことは芸術の目的の一つだろ」

須藤は煙草に火をつけた。

「君の脳の中がどうなっているか知らんが、そんな力があるならうらやましいよ」

「つまらない力よ。絵を描いたり、音楽ができるほうがずっといい」リオは毛布の肌触りにうっとりとまどろみながらいった。

クオリアを伝える、という言葉をもてあそぶ。そうか……そういう使い方があるのか。

「最近は俺、ぜんぜん駄目だ。なんか見るもの全部色褪《いろあ》せた灰色でさ。気分が乗らない」

リオは須藤の顔を眺めた。

「ねえ、私の作る世界を見てみる？」

「俺に見ることができるの？」


翌日に二人は二十階建てビルの屋上に、非常階段から上がった。十月の空は灰色の雲に覆われ、くすんだ雑居ビルや、商店街、少し先には高層ビルが見える。

須藤は何が起こるのかよくわからないまま、若干警戒しつつ、景色を眺めている。すぐに小手先の幻を見せることもできたが、どうせやるなら全力を尽くしたものを見せたい。

須藤はエリカと違う。他の誰とも違う。

きっと理解してくれるはずだ。

「驚かないでね。幻だから」

リオは須藤の手を握った。

目を細め、意識を集中する。栓を開けば、たまっていたものが流れ出していく。

何がいいだろう？　そうだ今は十月だから……季節を変えてみよう。夏。夏がいい。


空から雲が払われ、真夏のような太陽が輝く。

高層ビルに蔦《つた》を這《は》わせ、その蔦から向日葵《ひまわり》を咲かせてみる。

何百、何千、何万、何十万もの向日葵。

巨大建造物が黄色く輝く向日葵で埋め尽くされ、太陽光に反射する。向日葵はさらにどんどん増殖していき、ビルからはボロボロと金色が舞い続ける。やがて町全体が黄色の絨《じゆう》毯《たん》にしきつめられていく。

大量の水を含んだ重たい雲を輝かせる夏の太陽のあの感じ。

澄んだ夏空が広がっていくあの感じ。

黒々とした森から吹き抜ける風のあの。

町全体を埋め尽くした明るい金色の花弁が、彼方《かなた》から吹き抜けた風に、きらきらと煌《きら》めきながら紙ふぶきのように舞い上がった。

リオはあらゆる壁を突きぬけ、完全な自由の中を飛翔《ひしよう》する。

夏の夕暮れにおなかをすかせて歩くあの感じ。

てんとう虫を見てぼんやりと小さな生き物の世界に思いを馳《は》せたあの感じ。

水溜《みずた》まりにできた波紋に見とれたあの感じ。

自分は魔法使いなのだとわくわく夢見たあの感じ。

私を守ってくれた、もういない人たちがくれたやさしさのあの感じ。


気がつけば二人は屋上に倒れていた。空は十月の曇り空に戻り、光の洪水の後だからか、目に入るものはみなどこかくすんで見えた。力は使い果たしていた。

五分か、十分、何もいわずにじっとしていた。

恐る恐る盗み見ると、須藤は泣いていた。須藤はリオの視線に気がつくと、涙と鼻水まみれの放心した顔を向けて問いかけた。

「君は神なのか?」

リオは首を横に振った。

10

リオと須藤は、何度か二人であちこちに出かけた。

「パン屋の女の子に声をかけたら実は神様で、何の代償もなくどんな望みでも叶《かな》えてくれるって？　都合のいい話だ」

「ラッキーでしょ。幻なんて減るもんじゃないんだしさ。映画とかディズニーランドみたいなもんよ。あとお得なのは、私が賞味期限切れのパンを持ち帰れるってこと」

　食費浮くでしょう。

「君は本物の神様だよ。でも俺には」須藤はうつむいた。「神様にそんなことをしてもらう資格はない」

「じゃあしないよ」

「一度で十分だ。あ、でもパンの方はちょうだい」

　須藤は時折、穏やかで包み込むような愛情を見せた。そんなときリオは須藤にもたれかかって甘えた。自分がこれほどまでに人を欲していたとは思わなかった。幸福な日々だった。悪夢的幻覚もなりをひそめた。

　須藤とつきあいはじめてから一ヶ月もした頃だった。

　須藤は唐突に、部屋でリオの上に馬乗りになると、リオの首に手をかけた。

　リオは須藤の顔を見た。

　自分を見下ろすその目にどんな感情が浮かんでいるのか読み取れない。手に力は入っていない。ふざけているようにも思えるが、冗談としては少し怖い。特殊な趣味の愛し方か、とも思う。

「どうしたの？」

須藤は動かず答えない。須藤の手は汗ばんでいる。何らかの葛藤《かっとう》。屈折した感情。何かいいたげだが、その言葉は自分自身をも傷つけるほどの醜さを孕《はら》んでいるため、口に出すことを躊躇《ちゅうちょ》している——。そうしたものが微《かす》かに伝わる。

「どうしたの？」

もう一度きくと須藤は手を離した。苦笑いを浮かべてリオから降りる。

何よ、ときいても答えなかった。

「俺なんかつまんねえだろ」須藤は苦しげにいった。「俺は君の百万分の一だ」

「ううん。私の百万倍だよ」リオは慰めるようにいってから、己の首を確かめる。不信感がじわじわと広がっていく。

今日は帰るね、と声をかけるが、須藤は黙って壁を睨《にら》んだまま言葉を返さなかった。

須藤からの連絡はその日を境に途絶えた。

何度かメールをいれたが、返信はなかった。

11

木々の間を渡ってきた風が座敷に舞い込む。

私は鼻腔《びこう》を膨らませて若草の匂いを嗅《か》ぎ取る。

もしも、ここを出て行くとしたら、秋や冬ではないほうがいい。私は陽光にあたりが輝く季節に外に出たい。

まだ風は冷たい。今頃は桜だろうか。そろそろいい季節になってきた、と思う。


食事には薬が混じっている。混濁させ、自我を曖昧《あいまい》にさせる薬だ。

だが、もう大丈夫。

私の中にリオが息づいている。私は己の名を思い出している。

須藤啓一のことを思い出すと、おかしくなって笑ってしまう。本当に久しぶりに笑った。

今、私は彼に対して、愛情も憎しみも、なんの情も抱いていないが、かつて情があったということは事実。くすぐったい記憶だが、恥ずかしさで苦しむことはない。恥ずかしさは思い出して楽しむものだ。

ミズナもシモジョウもその他の誰も、今考えれば微笑ましいものだった。彼らは遠いところできっとうまくやっているだろう。

鈴が鳴ると、客の到来だ。

客が来て地獄を話す。私はこんな地獄にいます。これは地獄ですよね？　どうして私はこんな地獄にいるのでしょう？　自分ではどうにもできぬのです。どうかお救いください。

私はあまり言葉を放たない。私の役目はきくことだ。会話そのものが禁じられているわけでもないが、盗聴はされているはずだし、手を握ればそれで事は足りる。

客の物語は普通の人間にとってはただの不幸話でしかないのだろうが、私にとっては黒く痛ましい思念の塊だ。

地獄を受け取る代わりに、その手を握り、光と自由を渡す。

数日か一週間もすれば、私が彼らに与えた束の間の光は過ぎ去る。場合によっては、光の消えた後の闇は前よりも深くなるはずだ。もう一度お願いしますと、ここに戻ってこないのは、なんとか勇気を得て前に進んでいったからなのか、私を管理する者が二度目の謁見を許さぬからなのかは知らない。

もとより私は救えぬものに、救ったふりをすることに暇つぶし以外の興味はないが、それを悪だとも思わない。一時的にせよ効果があるなら偽薬ともいい切れぬ。

この生活が始まった頃、ちょっとした研修期間があった。まだ私の居住する座敷には格子がはまっていたのだが、ちょうどその隣に同じような座敷牢《ざしきろう》が用意され、泣きじゃくる女が放り込まれたのだ。

三十を超えたむくんだ顔の無口な女で、この組織の信者だった。私は幻の力で彼女を慰め、世話役のいない真夜中に、格子越しに互いの身の上話を語り合った。わけもわからず目隠しをされて連れてこられたという彼女は、ここが山寺のようなところであること以外、たいした情報は持っていなかったが、久方ぶりに外部の人間と話せることが嬉《うれ》しかった。

彼女が私の隣で寝起きするのは一週間の予定だときいていたが、翌日の朝、彼女は連れ去られた。夕方にはスキンヘッドの男が、風呂敷《ふろしき》に包んだむくみ顔の女の頭部を持ってきて、私の前に置いた。

お姫様。

その男はいった。

人と話すときには内容に気をつけなくてはならないと、しつこく教えたでしょう。今回はこれで片をつけたが、我々は失敗を何度も許しはしない。お姫様はこれから人々を救うのだからもっと自覚を持ってもらわないと。

むろん最初からそのつもりだったのだ。私が規則を破ることも、その見せしめで彼女を殺すことも予定通りだったのだろう。

わかってはいたが、目やにのついた恨めしそうな目で私を眺める灰色の生首は、確かに効果があった。

私は自分自身を小箱に仕舞い込んで鍵《かぎ》をかけた。そしてその日から、怪物を育てはじめた。

怪物は今まで私が見た醜悪なものの全てで構築されている。ひき潰《つぶ》された猫の死骸《しがい》や、誰かが公衆便所に置き忘れた大便や、月曜の繁華街の吐瀉《としゃ》物や、汗ばんだ満員電車や、あの日の生首、大きなもの、小さなもの、五感に訴えるあらゆる不快感が怪物の肉となる。そんな怪物のなかには、私が体験したものや、客から受け渡されたあらゆる地獄が血となり駆け巡っている。陰湿ないじめや、暴力、裏切り、罪悪感の亡霊、失望と虚無、疎外感、嫉妬《しっと》、憎悪、愛する者の死……耐え難い苦しみの全て。

我が子は、ずいぶん大きく育ったと思う。今では見上げるほどに巨大で、ここまで育てあげた自分が誇らしくもある。

私はここから出られないことになっているが、実のところ、もうその気になればすぐにでも出て行ける。ただ機が熟するのを待っているだけなのだ。

思いがけぬ珍客がやってくる。

声でわかった。

何年ぶりだろう。

簾《すだれ》の向こうにいる男の顔は見えないが、きっと最後に会ったときよりいくらかは老けているのだろう。

須藤啓一。

二度と会うことはないと思っていたが。

彼は当然のごとく抱えている悩みを話す。地獄を持たぬものがここに来ることはない。

だが、たいした地獄でもなかった。

仕事の悩みと、不倫と、家庭内の不和。

期待などしていないが、彼の語る世界に私を示す言葉はでてこない。いつだったか、彼が百万分の一だとかなんとかいったことを思い出し、再び噴き出しそうになった。くだらぬ。彼は死ぬまで彼の独房に繋《つな》がれ、私は死ぬまで私の独房に繋がれ続けるのだということが何一つ理解できぬから、そういうくだらぬ台詞《せりふ》がはける。

――何か見たいものがありますか？

私は彼の手を握る前にきいた。私の声を耳にして、簾の向こう側の空気がほんの少し硬くなるのがわかった。

彼とて、評判をききつけてやってきたのだ。きっとたいそうなお金を払ったのだろう。

神様の力の風評から、私のことを思い出していても不思議はない。

——夏が見たい。

彼は少し考えてからいった。

——夏？　もういくらかすれば夏がきますよ。

私はやさしく答え、簾に差し込まれた彼の手を握る。

何も伝えない。何も見せない。何も教えない。彼が期待するようなものは一切。

何もせず、ただ、手だけを握る。

一分間が過ぎ、やがて三分が過ぎる。

終わりです、と私はそっけなくいう。ありがとうございますと彼は立ち上がり、去っていく。

夢枕に現れた祖母の予言が正しいのなら、じきに波が来る。人生で二度目の波だ。乗り越えればきっと私は完全になる。

私がここを出て行くのはそれからだ。

私をここに幽閉することになったあの男が現れたのは、須藤と連絡がとれなくなって二週間もした頃だった。

パン屋のアルバイトから帰ってくると、アパートの部屋の前に無精髭《ぶしょうひげ》を生やした中年の暗い印象の男が待っていたのだ。

12

「リオちゃん」

リオが目を凝らすと、扉の前にいるのは、遥《はる》か昔にラーメンを食べに連れていってくれた眉毛《まゆげ》の太いおじさんだった。髪に白いものが交じりはじめているが、その顔立ちに大きな変化はない。

「もう、おぼえていないかな」

おぼえている、とリオがいうと、男は嬉しそうに笑った。

深夜のファストフード店で、テーブルを挟んで向かい合うと、男は充血した目で、リオにいった。

「ようやく捜しあてたよ。ぼくね、ちょっと外国へ行っていたんだけど、最近、日本に戻ってきてね。いや、会えて良かった。まあ改めて自己紹介するとぼくは百瀬《ももせ》といいます」

リオは頷《うなず》く。彼はもう昔のおじさんではない。またテーブルを挟んだ自分も幼い子供ではない。

「よく来ていましたよね」

「ああ、森にね。さて……能力は芽生えた？　人々を救う神の力は花開いた？」

リオが黙っていると、百瀬はリオの父親とは反対のことをいった。

「自分のためにだけ使ってはいけない」

「どうして？」

百瀬は呆《あき》れたようにぽかんと口を開いた。そんな単純なこともわからないのか、という顔を見せる。

「リオちゃんは特別なんだよ。自分では気がついていないのかもしれないが。リオちゃんの力は文化を変える。世の中を変える。人を恐れさせることも、癒《いや》すこともできる。きちんとしかるべきところで使えばね。発明でもさ、発明したものをただ自分のためだけに使って一生を終えたなら、ケチな人という以外には何の評価もされない。馬鹿な話だよね？」

百瀬は間をおいてから続ける。

「そりゃあもちろん一人じゃ大変だ。正しいビジネスパートナーが必要となる。良いビジネスパートナーがつけば、たいして大変なことじゃないよ。シナリオもこちらできちんと作るしね」

百瀬はリオの表情に変化がないのを見ると咳払《せきばら》いをして、少し声の調子を変えた。

「リオちゃんは若いよお。これからなんだよ。何もしない、自分だけのために生きる、それはリオちゃんにとっては罪なんだよ。世の中がどれだけ腐っているか、よく見据えて、人々に正しいビジョンを与えてより良い世界に変えていく。それがね、アナタの『使命』であり『生き場』なのです。そういうことって考えたことないかな」

百瀬は微笑んで、胸の前で両手を組んだ。リオは話題を変えた。

「ねえ、お祖母ちゃんの家に火をつけた中学生は」

一晩で三十五歳の男に順番に刺し殺された。

「因果応報だよ。生き神様の家に火をつけたんだから」百瀬はこともなげにいった。

リオは臓腑《ぞうふ》がすっと冷えるのをおぼえた。

碁のおじさんには、一晩で四軒の家に忍び込むなどという荒業はできない。腰だって悪いのだ。祖母との関わりにしたって、幻術で腰の痛みを和らげてもらうことと、碁の相手をすることぐらいだ。祖母が死ねば怒りもおぼえるだろうが、そこまでの復讐心《ふくしゅうしん》を抱きはしない。

ずっと気になっていたのだ。

「おじさんが……やったのね？」

おじさんがやって、碁のおじさんに罪をなすりつけた上で自殺に見せかけて殺した。

百瀬は腕を組むと、答えずに微笑んだ。だから何だ？　その目は奇妙な威圧感と共にそういっている。

「お祖母《ばあ》ちゃんはどうなったの？」

「あの方はあの後、山に入って、入滅なさいました」百瀬はいう。「おじさんは山奥の岩穴でひからびた老婆の死体を見たけれどね。でも果たしてそれが本当にあの方なのかどうかは確信が持てない。あの方は確かにリオちゃんが自分の後継ぎになるのを反対していたが……別にそういう話を持ってきたんじゃないんだ。昔話はもういい。とにかく時代はリオちゃんであって、リオちゃんなりの新しい何かを始めなくてはいけないんじゃないかって思ったんだ」

「ごめんなさい」きっぱりといった。

「私は普通に生きたい」

「普通なんてものは平穏の代名詞じゃない。それに基準は誰が決める？　パン屋で働くことだって見方によっちゃ、ちっとも普通じゃないかもしれないよ」

百瀬は、自分の連絡先だと電話番号と名前を書いた紙を渡すと、伝票を持って立ち上がった。

「まあいい。今日は挨拶《あいさつ》だ。何度でも来るよ。いや、来させてください」

家に帰るとそのままベッドに倒れこんだ。ひどく疲れていた。

少し眠り目覚めると部屋は暗かった。脳が現実ときちんと接続していない浮遊感をおぼえる。

棚の上にぬいぐるみが見える。クーピー。

都会へ出るとき彼も連れてきたのだ。最近はあまり会話をすることもなくなっていた。

——クーピーねえ教えて。

クーピーは舌打ちした。

——おまえ、本当に都合のいいときだけ話しかけてくるよな。何ヶ月ぶりだ？

——私にクーピーをくれたあの人は、いい人？

クーピーは答えなかった。ふいにリオの胸中にとめどなく問いが溢《あふ》れた。

これから私はどうなるの？　私は何をすればいいの？　これは何のための力なの？　同じ力を持つ仲間はいるの？　お祖母ちゃんは何のために私と暮らしたの？

——答えられないね。一ついえば、あのおやじは間違っている。おやじの目的のためにおまえが在るわけがないだろ。

——私怖い。

——俺の知ったことか。

——どうしたらいいの？

クーピーは暗い目でいった。

――まだわからんのか。幻術ってのはな、望めばなんでも手に入るんだ。掘っ立て小屋で王宮暮らしだってできる。ぬいぐるみの親友だってできる。

間を置いてからぬいぐるみは続ける。

――だがそれは幻であって本物ではない。

――クーピー。

――リオ。そろそろ卒業しないとな。あのな、これぱっかりは、仕方のないことなんだ。

――わかっている。でも私は。


リオは言いかけてやめた。

わかっているなら、これ以上何を言葉にすることがあるというのか。

白熊のぬいぐるみから、すっと何かが去った。リオがクーピーと呼ぶ何かが。

ぬいぐるみは、見る間に薄汚れていく。目のボタンはほつれて落ち、体毛のあちこちから綿がはみ出す。

後には白けた空気と、ぼろぼろに壊れ、以後永久に言葉を発することのない残骸《ざんがい》だけが残った。

頭の中には何も浮かんでこなかった。ただ虚脱し、さようならクーピーという言葉すら浮かばなかった。

縋《すが》るように須藤の携帯に電話をかけるが、着信拒否をされていることがわかっただけだ。

次に百瀬と会ったのは彼が指定した、路地裏の中華料理店だった。

前菜を食べ終わったあたりで、百瀬が再び勧誘をしてきたので、リオはきっぱりと断りを入れた。百瀬は力なく笑った。

「いいさ。俺は幻を見ていたということだ。だが、リオちゃんもまた一緒だ。あの、なんだっけ、ゲージュツ志望の学生君に恋しているんだろ？　やれやれだな。先が読める」

百瀬は力の抜けた動作で鞄《かばん》を開くと、リオにクリアファイルを差し出した。

「すまんね。若者には、大きなお世話だったね。お世話ついでの手土産だよ」

クリアファイルには数枚の写真が入っている。須藤啓一と見知らぬ女がレストランで食事をしている。着飾っているわけでもなく、かといってだらしない服装でもない、ごく普通の学生めいた恰好《かっこう》をした黒髪の若い女。

ラブホテルに入る直前の須藤啓一の姿がうつっている。隣には同じ黒髪の若い女。

リオは呆然《ぼうぜん》と写真を凝視した。十分にありえることだ、と思う。だが、なんでこんなものをわざわざ見せるのだ？

「これ、だから何？　彼とはもうつきあっていないし」リオは百瀬にクリアファイルを突き返した。「最低」

「その通り、最低だ。最低と思うところからはじめなくては。リオちゃん、そろそろ目を覚まして生まれ変わるときがきているんじゃない？　こういうこともね、神様の思《おぼ》し召しだよ」

百瀬は熱を込めて再び説得をはじめた。

「俺はね……最低でいいんだよ。あの方がまだ若かった頃から仕え、あの方が引退しても俺だけは近くにいた。なあ、リオちゃん、俺は汚れ役でいい。雑草を抜いて害虫を駆除しなければ作物は育たない。陰で支えるものがいなければスターは生まれない。俺は裏方の人間だけど、不純だったことは一度もない」

きけばきくほど、吐き気がした。これは生理的な相性というものだ。リオは声を荒らげた。

「しつこいよ。あんたは碁のおじさんも殺したんだ。私はあなたと組んで何かをすることは絶対にないから！」

百瀬はぽかんと口を開き、一転して、その目に凶悪さを滲《にじ》ませた。

「そんな命が必要なのか？」

「はあ？」

「君の命だよ。ただ己のためだけに人を惑わして生きる。そんな命が必要なのか？　十年待ったが、目の前にいるのは今現在の自分のことしか頭にない、容量の小さなただのくだらんガキで、結局、世の中にはもう何の光も残っていないということなんだな」

百瀬はまだ何かいっていたが、それはリオの耳には入らなかった。視界が揺れている。感情の揺らぎに合わせて、幻術が暴走したのだろうか、と思う。

「君のためだ」

別のテーブルにいた客が、がたがたと一斉に立ち上がる音が聞こえる。ああ、彼らは客ではなかったんだ。この店に本物の客はいなかったんだ。

目の前が暗くなった。

13

リオがリオでなくなっていく数ヶ月の混迷について、私は詳しく語りたくはない。

暴力と、薬と、暗示が与えられ、逆らうことが愚かだと悟るや、すぐに私は従順になった。あとはひたすらに幻の中にいた。

みな昔の話だ。

あの頃から何年も過ぎた。

私はリオであった記憶を取り戻したが、きっとあの頃のリオはもうどこにもいないのだろう。それでいい。

数日前に波が来た。私は客と会うのを中断し、しばしの暗黒に揺られた。人生で二度目の波だ。

私はこれを予感し、待っていたのだ。最初のときと同じく我が力は揺さぶられ、崩壊の危機が去っていくと、新たな領域へと皮がむけた。

今や身のうちに溢れる力は都市を一つ創造できるほどに高まっている。内なる怪物は山脈の巨大さにまで成長した。

一切の迷いはなく、ただ喜びだけがある。

夜伽《よとぎ》にきた男で、怪物の力の片鱗《へんりん》を試してみた。夜伽の男は泡を吹き、殺してくれと絶叫しながら悶絶《もんぜつ》した後、呼吸を止めた。

ただ触れるだけで精神を破壊し、脳が絶望に耐え切れず肉体に死を命じる。熟成した地獄を直接脳に挿入された男の甘美な叫びに私は酔った。だが、足りぬ。

牢《ろう》の鍵《かぎ》は開いている。これよりここは牢ではなく、山寺でもない。
絶叫を聞きつけた誰かが足早に廊下を歩いてくる音が聞こえる。
私は激しい歓喜に震えて笑いはじめる。

解説

坂木司

＊この文章には作品の内容に言及している部分が多数ありますので、未読の方はお気をつけ下さい。

恒川作品が、たまらなく好きだ。言葉の選び方、世界観、ものの在り方、そして何より、その世界にルールのあるところが好きだ。

ルールなんて、現実世界のほうがあるでしょう。そう考えることができる人は、幸せな人だ。なぜなら私の知る限り、この世界はルール違反だらけだから。お題目としてのルールは制定されているものの、それが守られるかどうかはわからない。なぜなら。

人を騙《だま》したり殺したりしても、平気な顔で生きていく人間がいる。何かを奪っても、奪われることとなくただ手にする人間もいる。そしてそんなシステムの中に組み込まれることを、これっぽっちも疑問に思わない人間もいる。

そんな現実世界のノールールぶりに疲れたとき、恒川作品を読むとほっとする。静かで残酷で、でも平等なルールに身を沈めると、心に凪《なぎ》がおとずれる。そのルールは、現実でも唯一平等とされるものによく似ている。

　そう。それは死だ。


『秋の牢獄』は、端的に言えば牢獄《ろうごく》からの解放を綴《つづ》った短編集である。しかし直木賞候補にもなった『夜市』でファンになった読者には、初読でピンとこない部分も多いのではないかと思う。なぜなら表題作である『秋の牢獄』は、似たアイデアを扱った先行作品の多いSF調の物語で、「なぜ今、これを恒川光太郎が書く必要があるのか」と思わせるからだ。しかしこれは杞憂《きゆう》で、続く短編『神家没落』と『幻は夜に成長する』を読み終わったとき、すとんと腑《ふ》に落ちる。そのことを、個々の作品にふれながら話していきたい。

まずは問題の『秋の牢獄』。先行作品が多いのは作者自身もわかっているようで、作中にはそのネタで有名なケン・グリムウッドの『リプレイ』が登場する。個人的には北村薫の『ターン』を思い出したが、なぜならそれはどちらも主人公が繰り返すのは「たった一日」だからだ。

　同じ一日を繰り返す者は、どんなところに移動しても目が覚めると同じ場所で同じ服を着ている。そしていつかは北風伯爵によっていずこかへ連れ去られる。それがこの世界のルールだ。とてもシンプルだが、とても恐ろしい。なぜなら繰り返しの一日を生きる者たちには、連続した記憶があるからだ。そしてこの状態こそが、この作品における牢の役割を果たす。一日の間にならどこにでも行けるが、ここより先の時間には進めない。これは、肉体と時間という二重の牢にとらわれた、私たち自身の物語なのだ。

主人公たちはそんな不思議な世界で、わけのわからないルールを読み解こうと試みる。しかしそこには定められたルールがあるだけで、解決策などはない。そして時が経つに連れ、徐々に人は鈍磨してゆく。諦《あきら》めてゆく。ついには受容する。それがいかに理不尽で、受け入れがたいことであっても。

これは、死を前にした人間の心理によく似ている。その証拠に、主人公は大学二年生の女の子だというのに、最後の語り口はまるで疲れ果てた老人のようにすら思える。

「なんだか眠くなってきた。友達と別れたのは昨日のことなのに百年も月日が流れたような気がする。自分の年齢がわからなくなる。」

お気に入りのベンチでまどろむ人物は、さらにこうつぶやく。

「私はもう充分に、楽しんだし、悲しんだし、苦しんだのだ。一人でいたかった。」

諦観《ていかん》の果てに人は「終わり」に希望を見いだす。「お迎えごくろうさん。」。

その先に続く最後の一文は、作品自体がラスト一行のために書かれたのではないか、とさえ思える一言である。

ちなみに唯一首をかしげたのは、死を体験した登場人物の感想がなかったこと。瞬間ではあっても、牢から出ることのできた彼はどんなことを思ったのだろう。繰り返すことがわかっていても死ぬのは嫌なのか、それとも何度死んでもいいくらい、死とは軽い経験だったのか、そこが知りたかった。それとも死ほど個人的な体験は存在しないから、あえて語らなかったのか。そこは今も気になる部分ではある。

余談ではあるが、佐々木淳子の『霧ではじまる日』というマンガでは、恒川式に言うなら人類全体が一日を繰り返すリプレイヤー（つまり、記憶を持ったまま同じ日を繰り返す）になり、かつその中には毎日死なねばならず、「死ぬことに慣れる」人物まで描かれる。これを突き詰めれば「死にも倦《う》む人生」という究極のパラドックスが完成するわけだが、その良質の答えは佐野洋子が『１００万回生きたねこ』で明らかにしている。

続く『神家没落』でも、牢は移動式だ。家の中では自由に動くことができるし、家自体も動いているが、結界のようなものがあってその家の外に出ることはできない。しかも家の移動も、決められたコースをぐるぐると回るだけなので、これもまた二重の牢になっている。

そして幽閉が続くと、人の心には不思議な逆転現象が起こる。

「だが、私は自由が恐ろしかった。」

閉じ込められるのは、恐ろしい。けれど本当に恐ろしいのは、拠《よ》り所《どころ》のない場所に、たったひとりで立つこと。牢とは、諦観とともに安らぎを与えてくれる存在であるのかもしれない。そしてここでの解放は、家の焼失という形で表現される。「家」を日本的な意味での「イエ（家族関係）」と捉《とら》えれば、これはとても象徴的な物語であるような気がする。なにしろ主人公には「家にはぼくを待っているものはいない。」のだから。

最後の『幻は夜に成長する』に至って、二重の牢はその存在をわかりやすく明らかにする。幽閉された部屋と、洗脳教育と薬による精神の幽閉。そしてルールは、幻術を強大にする波。そんな中で、主人公はこうつぶやく。

「この世界は幻に満ちている。（中略）誰もが幻を信じて、幻に操られて、幻の奴隷になり、多くのときを幻に捧げる。短い生の中で本当のことを見抜ける奴なんて一人もいない。」

まるで先の二編の登場人物たちを嘲笑《あざわら》うかのように。そして彼女は、自らの力で牢を破る。「牢の鍵は開いている。」ので、「これよりここは牢ではなく」、「一切の迷いはなく、ただ喜びだけがある」。さて。ここで初めて、牢から解放されて喜ぶ人物が現れたのはなぜだろう。

牢からの解放とは、ある種の終末を意味する。しかし一話目の主人公が死を待ちわび、二話目の主人公が偶発的事故で受動的に家を失うのに対し、今作の主人公は能動的に次のステージを目指す。では次にあるものとは何か。それは誕生である。つまり訪れる自由に不安を抱かず、「激しい歓喜に震えて笑いはじめる。」のは、彼女が新しく生まれる者だからだ。そう考えると、この短編集は死の受容にはじまり、解脱までの道程を描いた物語と捉えることもできる。

しかしながら、時は直進しているだけではない。注意して読めば、そこには螺旋《らせん》を描きながら進む時の輪が見えてくる。『秋の牢獄』ではリプレイヤーに次世代が生まれ、『神家』では季節が春から春へとうつろう。そして『幻』では祖母から孫に（血のつながりはないが）バトンがたくされ、主人公は新しく生まれ変わるのだ。この輪は、牢のように閉じてはいない。時はただ終末へと向かうのではなく、巡り来るもの。そう、これは輪廻《りんね》の瞬間を切り取った物語なのだ。

そしてさらに目を凝らしてみると、イメージの連鎖が浮かび上がってくる。『秋』で主人公は公園のベンチに座り、『神家』の主人公は近所の公園から不思議な藁葺《わらぶ》き屋根の民家に迷い込む。そして『幻』の主人公が暮らしていたのは森の中の木造平屋で、英語検定の会場として訪れたのは銀髪の初老のおじさんのいる女子短大だ。『秋』の主人公は四年制だが女子大生で、そこには見知らぬ老年の教授がいる。どれも皆、少しずつずれているのだが頭の中でぼんやりと重なって輪を描く。もしかすると、このイメージの連鎖こそが本作の真髄なのかもしれない。

恒川光太郎の描く幻は、かくも美しく恐ろしい。

本書は二〇〇七年十月に小社より単行本として刊行されたものです。

秋《あき》の牢獄《ろうごく》
恒川光太郎《つねかわこうたろう》

角川ホラー文庫　Hつ1-3　16461

平成22年9月25日　初版発行
平成25年3月20日　再版発行

発行者———井上伸一郎
発行所———株式会社角川書店
東京都千代田区富士見2-13-3
電話/編集(03)3238-8555
〒102-8078
発売元———株式会社角川グループパブリッシング
東京都千代田区富士見2-13-3
電話/営業(03)3238-8521
〒102-8177
http://www.kadokawa.co.jp
印刷所———旭印刷　製本所———本間製本
装幀者———田島照久

ISBN978-4-04-389203-7 C0193

角川文庫発刊に際して

角川源義

第二次世界大戦の敗北は、軍事力の敗北であった以上に、私たちの若い文化力の敗退であった。私たちの文化が戦争に対して如何に無力であり、単なるあだ花に過ぎなかったかを、私たちは身を以て体験し痛感した。西洋近代文化の摂取にとって、明治以後八十年の歳月は決して短かすぎたとは言えない。にもかかわらず、近代文化の伝統を確立し、自由な批判と柔軟な良識に富む文化層として自らを形成することに私たちは失敗して来た。そしてこれは、各層への文化の普及滲透を任務とする出版人の責任でもあった。

一九四五年以来、私たちは再び振出しに戻り、第一歩から踏み出すことを余儀なくされた。これは大きな不幸ではあるが、反面、これまでの混沌・未熟・歪曲の中にあった我が国の文化に秩序と確たる基礎を齎らすためには絶好の機会でもある。角川書店は、このような祖国の文化的危機にあたり、微力をも顧みず再建の礎石たるべき抱負と決意とをもって出発したが、ここに創立以来の念願を果すべく角川文庫を発刊する。これまで刊行されたあらゆる全集叢書文庫類の長所と短所とを検討し、古今東西の不朽の典籍を、良心的編集のもとに、廉価に、そして書架にふさわしい美本として、多くのひとびとに提供しようとする。しかし私たちは徒らに百科全書的な知識のジレッタントを作ることを目的とせず、あくまで祖国の文化に秩序と再建への道を示し、この文庫を角川書店の栄ある事業として、今後永久に継続発展せしめ、学芸と教養との殿堂として大成せんことを期したい。多くの読書子の愛情ある忠言と支持とによって、この希望と抱負とを完遂せしめられんことを願う。

一九四九年五月三日

夜市

恒川光太郎

あなたは夜市で何を買いますか？

妖怪たちが様々な品物を売る不思議な市場「夜市」。ここでは望むものが何でも手に入る。小学生の時に夜市に迷い込んだ裕司は、自分の弟と引き換えに「野球の才能」を買った。野球部のヒーローとして成長した裕司だったが、弟を売ったことに罪悪感を抱き続けてきた。そして今夜、弟を買い戻すため、裕司は再び夜市を訪れた――。奇跡的な美しさに満ちた感動のエンディング！　魂を揺さぶる、日本ホラー小説大賞受賞作。

角川ホラー文庫

ISBN 978-4-04-389201-3

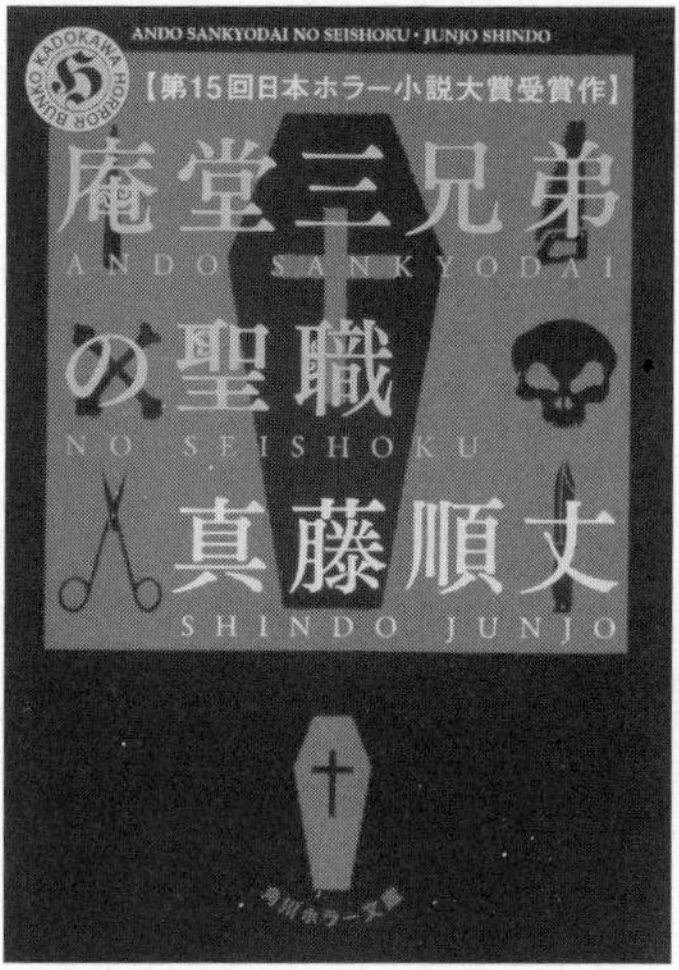

庵堂三兄弟の聖職

真藤順丈

ひとは、死んだらモノになる——

死者の弔いのため、遺体を解体し様々な製品を創り出す「遺工」を家業とする庵堂《あんどう》家。父の七回忌を機に、当代の遺工師である長男・正太郎のもと久々に三兄弟が集まる。再会を喜ぶ正太郎だが、次男の久就《ひさのり》は都会生活に倦み、三男の毅巳《たけみ》も自分の中の暴力的な衝動を持て余していた。さらに彼らに、かつてなく難しい「依頼」が舞い込んで——。ホラー小説の最前線がここに!! 新しい流れを示す日本ホラー小説大賞受賞作。解説・平山夢明

角川ホラー文庫

ISBN 978-4-04-394374-6

南の子供が夜いくところ

恒川光太郎

恒川版マジックリアリズム！

「今年で120歳」というおねえさん・ユナと出逢ったタカシは、彼女に連れられ、遠く離れた南の島で暮らすことになる。森の奥の聖域には、島にたった一本しかない紫焔樹が生えており、そこに入ることを許されたユナは、かつて〈果樹の巫女〉と呼ばれた少女だった……。
多様な声と土地の呪力にみちびかれた、めくるめく魔術的世界。南洋の島を、自由な語りで高らかに飛翔する、新たな神話的物語の誕生！

【四六判上製】

ISBN 978-4-04-874032-6